行き遅れ令嬢が領地経営に奔走していたら立て直し公に愛されました

今泉香耶

23846

角川ビーンズ文庫

CONTENTS

行き遅れ令嬢が領地経営に奔走していたら立て直し公に愛されました
レオナール・ティッセル・ハルミット
ハルミット公爵。通称「立て直し公」
フィーナ・クラッテ・レーグラッド
レーグラッド男爵家の長女。「立て直し公」に憧れている

CHARACTERS

アデレード・シャーテ・
レーグラッド

レーグラッド男爵夫人。
フィーナとヘンリーの母

マーロ・ギュンター

レオナールの部下で、
ヴィクトルの後輩

ヴィクトル・ユーボ

レオナールの部下

カーク

レーグラッド男爵家の
執事

ヘンリー・カトラス・
レーグラッド

フィーナの弟

ローラ

レーグラッド男爵家の
侍女

ララミー

レーグラッド男爵家の
侍女頭

本文イラスト／宛

プロローグ

「もう一度みんなに改めて申し上げますね」

レーグラッド男爵邸《だんしゃくてい》で、長女のフィーナは数少ない使用人を屋敷《やしき》のエントランスに集めた。フィーナは胸元《むなもと》まで流れる豊かな金髪《きんぱつ》に美しい碧眼《へきがん》を持つ、なかなか整った顔立ちの二十歳の令嬢《れいじょう》だ。しかし、彼女は残念なことに、未《いま》だに婚約《こんやく》者候補すらみつからない身の上だ。

そんな彼女が当主代理人であるレーグラッド男爵邸に、もうすぐ「立て直し公」がやって来る。彼女は使用人たちに「立て直し公に何かを聞かれたら」と考えて、念には念を入れようとしているところだった。

（この国では、女性が領地経営に携《たずさ》わることはあり得ないんですもの……）

こほん、と小さくわざとらしく咳払《せきばら》いをするのは、自分でもこれから言う口上が「ちょっとなぁ～」と思う内容だからだ。

「わたしは領民の生活に興味があったので、立て直しのために奔走《ほんそう》していたお父様に付いて回っていた、好奇《こうき》心旺盛《しんおうせい》なだけの令嬢です！」

そうフィーナが言えば、使用人たちは、

「はい！　お嬢様《じょうさま》は領民の生活に興味をお持ちで、亡《な》きご主人様と領地をご一緒《いっしょ》に回っていらした、好奇心旺盛な方です！」

と、教え込まれた文言を復唱する。チームワークは良いが、みな苦々しい表情だ。いや、みなそろって苦々しい表情なら、チームワーク「が」良いので、と言うべきか。

「はい。もうひとつ。わたしが『立て直し公』が立て直した領地を訪問していたとバレたら、それは、領地の惨状《さんじょう》に心を患《わずら》ったわたしの治療《ちりょう》のために旅行を勧《すす》められていたからです！」

「はい！　領地の惨状にお心を痛めたお嬢様のため、従兄《いとこ》のラウル様が旅行に連れ出してくださったからです！」

若干《じゃっかん》、使用人たちの表情が芳《かんば》しくない。だが、フィーナは見ない振《ふ》りをした。

「はい。最後。お父様がお亡くなりになって一ヶ月、ここまで領地運営がなんとかなったのは、お父様が前もって数ヶ月先までの領地改革計画書を作ってくださったからです！」

「はい！　ご主人様がお亡くなりになってから『領地運営を知らぬお嬢様が代理人』でもなんとかなっていたのは、ご主人様が領地改革計画書をご用意なさっていたからです！」

「完璧《かんぺき》よ、みんな！」

大仰《おおぎょう》にパンパンと手を叩《たた》くフィーナ。叩きながらも「こんな設定でどうにかなるのかしら……」と思うが、復唱していた使用人たちも、もれなく全員「こんな設定でどうにかなるのかな……」と思っている。

「お嬢様、失礼ながら発言の許可をいただきましても」

「はい、カーク」

「正直にバラしてもいいんじゃないでしょうか。もともと領地運営にお嬢様がだいぶ関与《かんよ》なさっていたことを……」

「駄目《だめ》よ……ハルミット家は王城近くの名門で、公爵《こうしやく》様のお父上は長年この国の重鎮《じゆうちん》として扱《あつか》われ、かつ、先の戦争をずっと止《や》めるように進言なさっていたような方。きっと、この国の伝統やら何やらを重んじていると思うの」

彼女が言いたいその「何やら」は、貴族女性に求めるものについてのことだ。そんなもの、くそくらえだけど。とフィーナは心の中で呟《つぶや》く。

「だから、わたしが領地運営に首を突《つ》っ込んでいたとバレたら、まず、娘《むすめ》にどういう教育をしていたんだ、って亡きお父様の名誉《めいよ》に傷がつくわ。それに、何よりわたしの嫁ぎ先がなくなってしまうのよ……今だってないのに！」

今だってないのに。言って自分も傷つく言葉だが、使用人もみな「うう」と悲しげだ。

彼女はいよいよ相手探しが難しい年頃《としごろ》になってしまった。そこに、領地運営に口出しをするような令嬢だと噂《うわさ》になれば更《さら》に敬遠されるのはみなもわかっている。彼女が言うように、この国はそういう国だから仕方がない。

「お嬢様」

「はい、ローラ」

「お嬢様が心を患っていらした設定は、なかなか無理があるように思われますが……」

「そこはわたしが善処します。今日からわたしは繊細《せんさい》な令嬢ということで……ええ……」

言っていて恥《は》ずかしいのか、フィーナは最後に口ごもる。が、使用人たちからブーイングが起こった。

「それは無理だと思いますよ」

「人には内面から滲《にじ》み出るものがあるわけでして……」

矢継《やつ》ぎ早のクレームに、フィーナは頭を抱《かか》えながら、

「だって、募集《ぼしゅう》をしてもこれ以上のシナリオを誰《だれ》も考えつかなかったんですもの、文句は受け付けないわ……！」

と呻《うめ》く。だが、使用人たちは憮然《ぶぜん》とした表情だ。うまくいけばいいのだが、お嬢様が尻《しっ》尾《ぽ》を出す気がする……そんな心の声が聞こえたが、フィーナは気付かない振りをした。

「とにかく。午後には立て直し公、違《ちが》った、ハルミット公爵様ご一行が到着《とうちゃく》予定だし、設定変更《へんこう》はもう間に合わないのよ……既《すで》に領地内に入って迎《むか》えの護衛騎士《きし》とも合流しているのだもの」

そう。彼らにはもう時間がなかった。ハルミット公爵ことレオナールがフィーナに関する会話を護衛騎士としていてもおかしくないからだ。

「わたしが領地運営をしていることがバレて、レーグラッド男爵令嬢はとうが立っている上に変わり者だという心無い噂を立てられることは困るわ。多少はお金に余裕《よゆう》がある嫁《とつ》ぎ先を見つけたいし、レーグラッド男爵家は女性にも男性のような教育を施《ほどこ》すなんて噂が流れたら、弟のヘンリーに嫁いでくれる令嬢も見つからなくなってしまうわ。色々気にしているのよ、一応、これでも！」

それは心無い噂ではなくただの真実なのだが……と使用人たちは心の中で突っ込む。だが、そこは黙《もく》し、誰も発言権を求めようとはしなかった。この邸宅の使用人はみな優《やさ》しいのだ。

「お嬢様。正門が開きました。ご到着のようですよ」

ララミーに呼ばれて部屋を出たフィーナは、廊下《ろうか》で一度立ち止まって深呼吸をした。ララミーはフィーナを幼少期から見守ってきた年配の侍女頭《じじょがしら》だ。

「ね、お母様が新しく編んで下さったこのレース襟《えり》、本当にこのドレスに合っている？大丈夫《だいじょうぶ》？」

ナ。

「ええ、大丈夫。よくお似合いです」

「昔からの伝統的な形だし、おかしくないわよね」

おかしいと言われたとしても、もう着替《きが》えている時間がない。フィーナがそういう「言ってもどうしようもないこと」を言うのは、緊張《きんちょう》をしている時だとラミーは知っている。

確かにフィーナのドレスは上質な生地《きじ》で縫《ぬ》われてはいるものの、パターンは昔ながらのもので装飾《そうしょく》も少ない。最近王城付近で流行《はや》っている柔《やわ》らかい布を幾重《いくえ》にも重ねたドレスや、レースやリボンをふんだんに縫い付けているものとはまったく違う。今日の装いは、繊細に編まれたレース襟を、ドレスの色と同じ糸で刺繍《ししゅう》を施され一見無地に見えるドレスにかけ、その襟の中央にパールのブローチをあしらっただけというもの。

もとより派手なドレスは得意ではないが、今日の彼女は「令嬢」として彼らに会うのではなく当主代理人として会うのだ。よって、格にあった品さえ保てば華美《かび》である必要はない。髪《かみ》を後ろにひっつめるのは少し気負いすぎだと思い、髪の上側だけすくって後ろにふんわりとまとめ、髪飾《かみかざ》りをつける程度に止《とど》めた。

「大丈夫ですよ。お嬢様はご自分が思っていらっしゃるより、ずっとお美しいですから！」

「お見合いじゃないのよ？」

少しばかり斜《なな》め上のことを言うラミーに苦笑いを見せ、エントランスに向かうフィーナ。

（お見合いの方が緊張しないかもしれないわ）

高鳴る鼓動《こどう》にどうにかなりそうだ。フィーナは自分に「落ち着け、落ち着け」と言い聞かせる。なぜならば、彼はフィーナにとって憧《あこが》れの人だからだ。

小国であるシャーロ王国は、どうしようもない戦争を三年続けて国民を疲弊《ひへい》させた挙句敗戦した。しかし、国としては統合されず単に隷属扱《れいぞくあつか》いを受けることになり、援助《えんじょ》もないまま放置状態。おかげで、あちこちの領地は財政難で破綻《はたん》寸前に追い込まれ、貴族たちですらひいひい声をあげている。

そんな中で「立て直し公」と呼ばれるハルミット公爵は、国王の命により各地に飛び、領地の立て直しを行っては三ヶ月で次の立て直し先へと移動……を二年半繰《く》り返した。そこにフィーナは目をつけたのだ。

この二年間、彼女はレーグラッド領を立て直すため「立て直し公は何を見てどう判断したのだろう」と彼の思考の轍《わだち》を追おうと、彼が「立て直し」を行った領地に足を運んだ。

最初は何がなんだかわからないことだらけだった。無謀《むぼう》とも思えたが、ひとつ、二つ、と回数を重ねるうちに、素人《しろうと》ながらにも「どうやら立て直し公は本物らしい」と気付く。

もともとそう噂されていることは知っていたし、何より実績がある。だが、数多い彼の業績全てを追った彼女でなければわからない実感がそこにはあった。

フィーナが視察で見たものは、彼が立て直し以降見ていない「その後」だ。そこには、彼の正しさを立証するものが息づいていると思えた。領地に生きている人々の生活が彼の偉業《いぎょう》を物語るのだと気付いた時、彼女は得も言われぬ感銘《かんめい》を受けた。「凄《すご》い。立て直し公が行っていることが、こんなに素晴《すば》らしいことだなんて！」と、興奮しまくった。

（本当は聞きたいことがありすぎて……コルト伯爵《はくしやく》領の立て直し時に導入した畑に水を流す設備のことと、新たに植えた作物の選定はわたしが想像した理由で選ばれたものなのかとか……それから……ああ、駄目よ、良くないわ）

口を開けたらそれらすべてが駄々《だだ》漏《も》れになりそうなのだ。それはよろしくない、とエントランスに辿《たど》り着いたフィーナはもう一度深呼吸をした。

「お嬢様《じょうさま》」

執事《しつじ》カークの呼びかけに頷《うなず》けば、扉《とびら》が開けられる。最初に騎士団長が入ってきた。既にエントランスに人々がいることを想定していた彼は動じることもなく、左右に並ぶ使用人たちの列の先、中心に立っているフィーナに一礼をした。

「申し上げます。ハルミット公爵以下ご同行者二名をお連れいたしました」

「ご苦労様。すぐに入っていただいて」

「はっ」

騎士団長が合図を送ると、外で待機をしていた護衛騎士の「どうぞ、お入りください」という声が聞こえる。すぐに、美貌《びぼう》の青年が堂々とした様子で入って来る。

「レオナール・ティッセル・ハルミットと以下二名、国王陛下の命により参った」

その物言いはいくらか雑だ。正式な名乗りであれば、彼の場合は第八代ハルミット公爵、レオナール・ティッセル・ハルミット。これが正しい。が、こちらは男爵、しかも現在は非公認の代理人であるし「それぐらいは当然だ」と特にフィーナは気にしない。

使用人たちはほんの一瞬《いっしゅん》だけ彼を見て、一斉《いっせい》にさっと顔を伏《ふ》せる。が、みなの心の声は一致《いっち》していた。

(((顔がいい……!)))

そこには、とんでもなく顔がいい「立て直し公」が立っていた。誰もが口に出さずとも同じことを脳内で思う。が、更《さら》にフィーナは斜め上のことを考えていた。

(なんてこと……あんなにも仕事が出来るのに、その上お顔もいいなんて、天はわたしに一物《いちぶつ》ぐらい与《あた》えてくださってもいいんじゃないかしら⁉　一、は贅沢《ぜいたく》でもそのうちの半分、いえ、半分の半分ぐらい!)

心の中で頭を抱えて「神様は不公平だわ」と呪《のろ》うフィーナ。かくして、彼らは出会ったのだ。

第一章　出会い

　さて、話は遡《さかのぼ》ること一週間前。

「ようやく領地改革計画書が形になったっていうのに、このタイミングでお亡《な》くなりになるなんて……うう、お父様、酷《ひど》いです……」

　この恨《うら》み言を口にするのはこれで五回目ぐらいだ。どうしても、たまに口から出てしまう。父親である故《こ》レーグラッド男爵だって死にたくて死んだわけではないのだから、言っても仕方がない恨み言は五回までにしようとフィーナは思う。多分、これで五回目。いや、四回目ということにすれば、次に口にした時に許される。うん、四回目だ。次回の自分は自分を許してあげてくれ……そんなろくでもないことを思いながら執務机《しつむづくえ》に突《つ》っ伏《ぷ》す。

　彼女の父レーグラッド男爵が事故で亡くなったのは、ひと月前のことだった。馬車の車輪の老朽化《ろうきゅうか》か、山道で運悪く車輪が破損したのがきっかけになり、馬もろとも崖《がけ》から落ちた。岩にぶつかった衝撃《しょうげき》と破損でボックスの扉が開き、フィーナの横に座っていた弟ヘンリーが投げ出され、それを助けようとしたレーグラッド男爵も後を追うように転落した。

　馬に乗った護衛騎士《きし》が二人付き添《そ》っていたが、一人は馬車の落下に巻き込まれて死亡。

なんとか無傷だったもう一人のおかげで、フィーナとヘンリーは救助されたのだ。

ヘンリーは一命をとりとめたが、悲しいことにレーグラッド男爵《だんしゃく》は助からなかった。馬車の手入れをしていた者が御者《ぎょしゃ》を務めており、彼もまた帰らぬ人となったので、事故の原因は最早《もはや》誰《だれ》にもわからない。

男爵夫人であるアデレードは夫を亡くしたことをなかなか受け入れられず、葬式《そうしき》に参列すら出来なかった。そして、今は重傷で動けないヘンリーの傍《そば》から離《はな》れない。要するに心の病に冒《おか》されて、彼女も今は休んでいる状態だ。

そのせいで、フィーナは
「それどころじゃないのよ……泣いて暮らしていられるほど、うちの領地は裕福《ゆうふく》じゃないんだから！」

と二人をそっとしておいて、自分は父親が使っていた執務室で、今日も頭を抱《かか》えているというわけだ。

戦争で敗北をしたシャーロ王国。あちこちの領地は財政難で破綻寸前に追い込まれ、貴族たちですらひいひい声をあげている。レーグラッド男爵領は王城から遠いが、戦時中に王城から不当な要求をいくつか受けて——それについてはのちに語るが——領地運営が傾《かたむ》きに傾いていた。

フィーナがどこかに嫁《とつ》いで、嫁ぎ先から資金援助を受けることが近道なのだが、現在国内でそれほどの余力がある貴族は少ない。結果、彼女は行き遅《おく》れ状態でここにいるのだが、それが功を奏したようなものだ。

「でも……いくら、わたしが立て直し公の立て直した領地を見て来たと言っても……」

過去、彼女は「お父様お一人では大変過ぎます！ わたしが立て直し公の立て直した領地を見て、勉強して来ます！」と言ってレーグラッド男爵領を出た。

だが、シャーロ王国は、貴族の女性が領地経営に口を挟《はさ》むことが許されない。いや、出来ないように、そういった教育は男性だけのものとなっている。フィーナは訳があっていくらか男性と同じ教育を受けていたが、それを好ましく思う貴族はほぼいない。訪問をしようと、領主である貴族に手紙を書いて出しても最初は返事が戻《もど》って来なかった。「貴族令嬢《れいじょう》が領地経営なんて……見なかったことにしよう」という配慮《はいりょ》なのか何なのか。そこで彼女は従兄《いとこ》のラウルに頭を下げて、彼の書記として「立て直し公が立て直した」領地を共に訪問した。そして、訪問先であれこれを学び、レーグラッド男爵領に戻っては生かせることを父と話し合い、それから再度立て直しを行った領地に行き……と、繰り返した二年間。それを終わらせたのが、レーグラッド男爵の死になるとは、誰も思っていなかっただろう。

「うう……ここから先のことを考えると頭が……あら？」

あわただしい足音が聞こえる。それから、聞き慣れたノックの音。「はぁい」と返せば、滅多《めった》にない剣幕《けんまく》でドアがバン、と開いた。

「お嬢様！　失礼いたします！」

ドアを開け放したまま飛び込んで来る執事カークは齢《よわい》五十を超《こ》え、執事歴二十六年の猛者《もさ》だ。そんな彼がこのように慌《あわ》てることはあまりにも珍《めずら》しい。何が起きたのかとフィーナは立ち上がる。

「どうしたの」

「王城からの手紙でございます……！」

「は？」

こんな田舎《いなか》に、王城から。過去に王城からやってきた知らせはすべてよろしくないものばかりだった。フィーナは眉間《みけん》に皺《しわ》を寄せながら手紙を受け取る。

（確かに封蠟《ふうろう》は王城のものだわ。戦争が終わって二年半。その間、王城からは新国王陛下ご即位《そくい》の事後報告、それぞれの領地でどうにかしろ声明、公共事業への図々《ずうずう》しい招集《しょうしゅう》打診《だしん》など、ひどい知らせしか来ていないのに……）

今度は一体なんだ、とフィーナは封を切った。下がるように言われていないカークもまた、手紙の中身が気になるようで彼女の様子を窺《うかが》っている。レーグラッド家は使用人も家族の一員のように近しいため、それを咎《とが》めるフィーナではない。

「……っ……」

「つ？」

「ついに……！　ついに、夢にまで見た知らせが来たわ！　っていうか、これ夢じゃないわよね⁉」

手紙から顔をあげたフィーナは頰《ほお》を紅潮させて叫《さけ》ぶ。彼女の飛びあがりそうな勢いに、カークはぎょっとした。

「カーク！　ついに！　ついにその時が来たのよ！」

「一体……？」

「ついに、このレーグラッド領の立て直しのために『立て直し公』が派遣《はけん》されることが決まったんですって！　やったわ！　この領地再建に力を貸して下さるんですって！」

フィーナの宣言に目を見開くカーク。

「そ、それは本当ですか……あの、ひとつの領地につき、たった三ヶ月程度滞在《たいざい》すれば、領地再建の目途《めど》をつけてしまうという、あの……」

「そうよ！　ついに助けに来て下さるんだわ……！　ああ、良かった……ここまで耐《た》えて来た甲斐《かい》があったというものだわ……」

そう言いながら、フィーナの両目からはぼろりと涙《なみだ》が零《こぼ》れた。父を失った後も、一人で日々気丈《きじょう》に振《ふ》る舞《ま》って来たのだ。今日ぐらいは許されたい。彼女が生まれた頃《ころ》から見守って来たカークもまた、その様子にほろりと来たのか目の端《はし》に涙を浮《う》かべる。

「よかったです……これで、お嬢様《じょうさま》が行き遅れてでもこのレーグラッド領のために力を尽《つ》くしてくださったことが無駄《むだ》にならず……」

「ちょっと！　行き遅れの話は余計よ！」

などと言いつつ、なんだかよくわからないが二人は抱《だ》き合って泣き出した。緊張《きんちょう》の糸が切れたようなものらしい。

不運にもそこを一人の侍女《じじょ》が通りかかり「ドア開けっ放しなのに、突然《とつぜん》年の差ロマンスが生まれたのかと……」と言われることになるのだが、それはのちの余談だ。


そんなわけで、フィーナは興奮冷めやらぬますっかり「立て直し公にお熱」状態で夜を過ごしていた。

「ああ……こうやって改めて見直すと、本当にすごいわ。一体こういうことは、どういう学びによって身につくものなのかしら。わたしももっと早いうちに教育というものを受けられればよかったのだけど……そうすれば、もう少し立て直し公、あっ、駄目《だめ》駄目。癖《くせ》になっちゃうから……えっと、ハルミット公爵《こうしやく》様がなさったことをもう少しは理解出来るように……うう、ご本人を前に『立て直し公』って言っちゃいそう……」

フィーナはいつもは執務机に保管している数冊のノートを寝室《しんしつ》に持ち込み、眠《ねむ》る前にペらぺらとめくっている。

「これは、コルト伯爵領《はくしやく》の立て直しについて。これは、サンイーツ子爵領《ししやく》の立て直しについて。本当は公爵様がいらしたら、たくさん質問したいことがあるけれど……女の身で口を出すことはよく思われないだろうし……でも、どの領地の立て直しも最初は視察からだから、せめてそれはご一緒《いっしょ》したい……」

そのノートは、ここ二年ほどの彼女の宝物、かつ、彼女の努力の証《あかし》だ。

フィーナの耳に立て直し公の噂《うわさ》が届いたのは、彼女が「このままお父様一人に任せておくわけにはいかない」と意を決した頃だった。立て直し公の偉業《いぎょう》からヒントを得られるかもしれない、と調べようとした。しかし、そういった資料は領地の外では王城にしか残されないものだ。

よって、フィーナは従兄ラウルと共に視察に赴《おもむ》き、開示できる範囲《はんい》でサンイーツ子爵から情報を提供してもらった。勿論《もちろん》、ラウルが聞いている体《てい》にして、あくまでもフィーナは「ラウルの書記」という扱《あつか》いで。おかげで、思うことがあっても質問出来ず、気になったままの事柄《ことがら》は今でもメモで残されている。

その後も、立て直し公の軌跡《きせき》をラウルと共に追い、領地に戻るたびレーグラッド領に対して何か応用が出来ないか父親と話し合い、手探《てさぐ》りで彼らはこの二年領地運営をしてきたのだ。

「せめて、ラウル従兄《にい》様がまだいてくれたら……これとこれを公爵様にお聞きして、って言えたのに……」

婿入《むこい》りを引き延ばしていたラウルだったが、これ以上はさすがに無理だと数ヶ月前に結《けっ》婚《こん》をしてレーグラッド領から離《はな》れた。おかげで一時的に金銭援助《えんじょ》をしてもらえることになったので、それまで保留にしていた「調査に金がかかる」だろう場所を視察しようとフィーナたちは動き出した。そして、その視察帰りに例の事故が起きたというわけだ。

「ああ、少しでもわたしが関《かか》わることをお許しいただけたら嬉《うれ》しいのだけれど」

立て直し公ことハルミット公爵は厳しい人物だと聞いたことがある。ならば「女性が領地運営に首を突《つ》っ込むなんて」とぴしゃりと言われてしまうだろうか。そんな不安を抱《かか》えながらも、フィーナは寝室の灯《あか》りを消した。

「以上が、現在こちらで把握《はあく》をしているレーグラッド男爵領についてだ。質問はあるか」

さて、時をほぼ同じくして、ハルミット公爵邸《てい》の一室。三人の男性が資料に目を落としている。

レオナール・ティッセル・ハルミットは今年で二十七歳になる若き公爵だ。肩《かた》下程度の長さの銀髪を後ろでひとつに縛り、前髪は中央分け。もともとの顔立ちが整っている上に目が切れ長なので「眼差しが冷たい」とよく言われる。本人は自分の顔については「心底どうでも良い」と思っている。しかし、眼差しが冷たかろうがなんだろうが世の中は美形に甘い。そして、甘いがゆえに、彼はうんざりするような目に遭《あ》いやすい。

「はい」

「ヴィクトル」

「これ、公爵が立て直した後、代理人どうすればいいんですかね……」

と、レオナールの部下ヴィクトルは苦笑い。彼は、ふわふわした赤毛で人懐《ひとなつ》こそうな顔立ちの二十四歳。レオナールの隣《となり》にいることが多いため、相対的に「話しかけやすそう」と思われ、彼自身「おこぼれの人気をもらっているのさ」という程度にはご令嬢《れいじょう》たちからうけが良い青年だ。

「言っちゃ悪いが、由緒正《ゆいしょただ》しい家門とはいえ田舎貴族ですよね。親戚《しんせき》一同、領地運営を手伝えるような素質がある人間がいない上に、去年まで手助けしていたらしいフィーナ嬢の従兄《いとこ》は、つい最近婿に行ってしまったと」

「そうだな。それも、金策のひとつだ。婿入りすることで資金を一時的に流したんだろう。タイミングが悪かったたな」

そのレオナールの言葉に、心底同情の表情を見せるのはもう一人の部下マーロだ。短髪

黒髪で三人の中では最も背が高い。本人いわく「顔は覚えてもらえないのですが、背の高さで判別されるので困りません」というちょっと地味顔の二十二歳だ。

「まさか、レーグラッド男爵がこんな形でお亡くなりになるとは。ご子息のヘンリー様が成人するまでに領主がいなくなるなんて想像もしなかったでしょうね……それを思うと、今まで足を運んだところは、みな跡継《あとつ》ぎ問題は困っていないようでしたし、そこは救われていましたね」

「立て直し公」という、当人も「そのままだな」とうんざりするような異名をつけられたレオナールは、腹心の部下ヴィクトルとマーロを連れ、この二年半あちこちの領地の立て直しを行って来た。

戦争終結時に、彼の父親である前ハルミット公爵は責任を取る形で彼に爵位《しゃくい》を譲《ゆず》った。王城に近い場所に居を構えそれなりに権限を持っていた公爵なので、本来敗戦後に首が繋《つな》がっていることがおかしい立場のはず。だが、彼は一貫《いっかん》して戦争に反対し続けていたこと、敗戦により一部王族や貴族は廃位《はいい》、失脚《しっきゃく》し、誰《だれ》かがこの先の国政を支えなければいけない状況《じょうきょう》のため、唯一《ゆいいつ》見逃《みのが》された。しかし、それが今のこの国に非常に大きな恩恵《おんけい》を与《あた》えることとなる。

戦争前から他《ほか》の大国に留学していたレオナールは、父親の先見の明による「戦争中には戻《もど》って来るな。その代わり、復興に携《たずさ》わるための知識を得ておけ」との言葉に素直《すなお》に従った。神童と呼ばれていたがゆえに大国に留学を許された彼は、帰国後その力をいかんなく発揮し、今では「立て直し公」と呼ばれているというわけだ。

爵位を継《つ》いだが彼は自分の領地にいないので、既《すで》に退いた父親に領地を任せている。もし、戦犯の一人として父親が死刑《しけい》になっていたら、レオナールは他領地の立て直しどころか自分の領地の世話だけに明け暮れ、この国は終わっていたかもしれない。

「しかし、長女のフィーナ様が仮でも当主代理人って。女性が当主代理を受け入れるだなんて、聞いたことないっすよ。怪我《けが》で動けなくてもそこは弟君の名を立てるのが普通《ふつう》かと」

とヴィクトルが言えば、マーロが答える。

「弟君の容体は未《いま》だによろしくないって話ですから苦肉の策でしょう。男爵夫人ではなく娘《むすめ》さんの方、というのが気になりますが……貴族のご令嬢が当主代理人にならざるを得ない状況だからこそ、次の派遣《はけん》先に選ばれたっていう認識《にんしき》で合っていますよね？」

マーロはヴィクトルの後輩《こうはい》なので、ヴィクトルに対しても敬語だ。レオナールはマーロの言葉に軽く頷《うなず》く。

「そうだな。それがなければ、レーグラッド男爵領は……立て直しが必要な状況のわりに、この二年ほどよくやっていると言える。レーグラッド男爵はこの国では珍《めずら》しく才があったのかな……資料を見た限りでは、いつ破綻《はたん》してもおかしくないところを、ギリギリでずっと踏《ふ》みとどまっている。だが、こういう場所こそ本当はもっと早く軌道《きどう》に乗せれば良かったのかもしれない」

　マーロは「確かに」と同意をして、言葉を続けた。

「立て直しの目標がはっきりして動き出す場所が多ければ多いほど、その土地の近隣《きんりん》も恩恵を受けることが多いですしね」

「そうだ。その可能性がここにはあった。だが、そのレーグラッド男爵がお亡《な》くなりになった今、それを言っても仕方がない。我々が行ってそれなりに整えても、その後のために正しく当主代理人になれる人材が必要だ。それも並行して探さなければいけないので、フィーナ嬢に覚悟《かくご》を決めてもらうことになるだろう」

　具体的には「それなりの経験者を無条件で婿として迎《むか》え入れる」ということになるだろう、とレオナールは言っているのだ。今のこの国にそんな人材は多くない。フィーナには可哀相《かわいそう》だが、若い貴族子息でその条件に当てはまる者はいない。そこそこ領地運営を経験したことがあるどこかの貴族、それもそれなりの年齢《ねんれい》の傍系《ぼうけい》があてがわれることになるだろう。

「フィーナ嬢には婚約《こんやく》者がいないんでしょう？　レオナール様、狙《ねら》われないといいですねぇ～。今までのご令嬢と違《ちが》って、立場が立場ですからよく話もするでしょうし、穏便《おんびん》に済ませたいですよね」

　と言うヴィクトルの声音《こわね》は、他人事《ひとごと》だと思って呑気《のんき》さがうかがえる。うんざりとした表情を見せるレオナール。

行く先々で出会う令嬢はみな「立て直し公」をやたらともてはやす。領地運営のなんたるかをこれっぽっちも知らない彼女たちが、公爵《こうしゃく》という肩書《かたが》きに惹《ひ》かれ、彼の業績を表面だけ聞いて称《たた》え、彼の顔を見て言い寄って来る。仕事に集中したいのに正直邪魔《じゃま》だし、時には父親である領主までも一緒《いっしょ》に「立て直し公を婿に……」と画策されるので、真っ向からでかい釘《くぎ》を刺《さ》すことになる。

ハルミット公爵家はもともと相当な財を蓄《たくわ》えており、戦時にも無償《むしょう》で国に多くの財産を提供していた。戦《いくさ》が終わってから財産を追加没収《ぼっしゅう》されたが、今でもまだ余力はある。だからこそ、今の彼には令嬢たちが群がる。

いっそ、そこは財がない方が良かった……とすら思うのだが『財産を公爵家に残してやるから、代わりにレオナールは王命に背《そむ》かずに文句を言わずに働け』という王城からの圧力だ。それにしたって割が合わないほどこき使われている、とヴィクトルとマーロは思っているが。

「さすがにこの前の一件は、そこまでやるかとは思ったが」

「あれは、なかなか頑張《がんば》られちまいましたね」

ヴィクトルの言い草がおかしかったようで、マーロは「はは」と小さく笑うが、レオナール当人はそれどころではないので真顔のままだ。

「この前の一件」とは、立て直し期間が終わって明日《あした》にはその土地を離れる、という時に、領主の娘が夜這《よば》いに来たことだ。たった一夜で良いので思い出に、とかなんとか言っていたが、その一夜の後に他の男との子どもを孕《はら》んで「ハルミット公爵様の子どもです！」と言い張られたらたまったものではない。

「ほんっと、女性を惑《まど》わすような色男は大変ですね」

「好きでこの顔に生まれたわけじゃない」

「うわぁ」

これだから、生まれながらに顔がいい男は、とヴィクトルは言いたげだったが、マーロに「男の妬《ねた》みは醜《みにく》いですよ」と、彼もまた釘を刺されて黙《だま》った。

さて、そんなわけで一週間後、ついに彼らはレーグラッド男爵邸《てい》で出会ったわけなのだが……。

（か、顔が、いい……どうしたら……いや、どうもしないわ！）

初対面の第一印象がそれ。立て直し公はなんと顔がいいのか。カーク以下使用人一同は、声にも顔にも出さなかったが、レオナールを見て全員が全員そう思う。顔がいい。少し目つきが冷たい気がするが、切れ長の目と美貌《びぼう》が合わされればそう見えても仕方がないだろう。

そして、当然フィーナもまた「顔！」という叫《さけ》びを我慢《がまん》していた。

彼女にとって彼が憧《あこが》れの人でなければ、もっとその顔に見惚《みと》れたかもしれない。だが、そのおかげで、なんとか彼の美貌に心を奪《うば》われすぎることもなく、フィーナは渾身《こんしん》のカーテシーを見せた。

「ようこそ、遠方よりこのような僻地《へきち》にお越《こ》しいただき、心より感謝しております。フィーナ・クラッテ・レーグラッドでございます。三ヶ月よろしくお願いいたします」

「出迎《でむか》え痛み入る。あなたがフィーナ嬢か。事故の話は聞いている。お父上は不幸なことであった。男爵《だんしやく》夫人は弟君についていらして、領地に関することはあなたが現在やりくりをしていると騎士《きし》たちから聞いたのだが」

「はい。ありがたいことに、父は数ヶ月先までの領地改革の計画書を残していたので、それに沿って出来る範囲《はんい》のことをしております。公爵様、まずはお部屋へ。その後、お休みになるか、邸宅内の案内を先にさせていただくか、どういたしましょうか」

「いや、先にその計画書とやらを見たい。着替《きが》えてすぐにでも仕事に取り掛《か》かりたい」

到着《とうちやく》早々仕事モードだ。フィーナは「望むところだ！」と心が沸《わ》き立った。なんとなくその気配を察知したカークは「お嬢様はあれこれと隠《かく》す気が本当におありなんだろうか」と思ったが、当然口に出すことは出来なかった。

着替えたレオナールたちはカークに案内されて執務室《しつむ》——生前のレーグラッド男爵が使っていた部屋だ——に移動した。そこで、改めて部下二人もフィーナと挨拶《あいさつ》を交わす。

「本日よりお世話になります。ヴィクトル・ユーボと申します」

「マーロ・ギュンターと申します」

「ユーボ様とギュンター様ですね。よろしくお願いいたします」

フィーナがそう言えば、レオナールは「我々のことはファーストネームで呼んで欲しい」と告げた。聞けば、彼の部下には親兄弟が揃《そろ》って所属している家系もあるので、勘違《かんちが》いを防ぐためにファーストネームで呼んでいるのだと言う。

「そうなんですね。では、逆に同名の方がいらしたら、どうなさるんですか？」

「おりますよ。ショーンという名前の者が二名いるんですが、何故《なぜ》かそいつらは髪《かみ》の色で呼ばれています。具体的には、ブラウンとグレイってあだ名みたいになっていて……」

と、レオナールを差し置いてヴィクトルが話す。オチを知っているマーロは既《すで》にうっすらと苦笑いだ。

「ところが、今年ブラウンってのが異動して来たおかげで、ブラウンって名前じゃないやつがブラウンと呼ばれているっていう変なことになっています」

ヴィクトルの口調は初対面だというのにいささか砕《くだ》けすぎている。が、フィーナは「レオナール様が注意なさらないということは、これがこの人の普通なのね」と思うだけで気にしなかった。

「まあ。ブラウン卿《きょう》には災難でしょうけど、そんなことがあるなんておもしろいですね。わたしと同じ名前のご令嬢《れいじょう》をみなさんはご存じですか？　もしかしたら、わたしも髪色で呼ばれる必要はあるかしら」

笑いながら言うと、フィーナは答えが欲しかったわけでもないので三人に着席を促《うなが》した。三人がけのソファに若い男三人は少しばかり窮屈《きゅうくつ》そうに見えたので、フィーナは「わたしは椅子《いす》に座りますから反対側もお使いください」と執務椅子を運ぼうとする。ガタガタ音を立てながら運ぶ様子はどう見ても貴族令嬢の姿ではない。

「フィーナ様、そんなことはわたしやヴィクトルにお申し付けください」

慌《あわ》ててマーロが立ち上がる。それに対してレオナールは何も言わない。最も下っ端《ぱ》のマーロが名乗りをあげるのが当然だと思っているのだろう。

「いいえ、でも、わたしその椅子が……」

座り慣れているので、いいんです。そう言おうとしてハッと言葉を飲み込む。そうしているうちにマーロがあっけなく椅子を移動させて座ったので、フィーナは大人しくソファに腰《こし》を下ろした。

「悪くない」

それが、計画書に目を通したレオナールの第一声だ。フィーナの表情は一気にぱあっと明るくなる。

「だが、これだけでは立て直しというよりは現状維持《いじ》に止《とど》まりそうだ。立て直しとは、現状よりも確実によくなり、それを維持出来る算段までなければいけない。まず、いくつかの項目《こうもく》は推測をもとにしているため早急の調査が必要だ。それらがもしすべて単なる推測でしかなかった場合の代替案《だいたいあん》が少し弱いので、迅速《じんそく》に」

わたしもそう思っているんです、とは言えないフィーナは「そうですか」と消え入りそうな声を発する。『よくわかっていないものの話は聞いている』という雰囲気《ふんいき》をうまく醸《かも》し出せただろうか、とろくでもないことを考えながら。

「フィーナ嬢、もしご存じだったら……いや、女性であるあなたはお父上のこの計画の詳《しょう》細《さい》をご存じないかもしれないが、この地区に新しく植えようとしている作物選定の基準を知りたいのだ。資料はどのように探せばよいだろうか」

「あっ、地区ごとの土壌《どじょう》の調査書がありますので……そこに詳細があるのかなぁと……」

(そこ、そこです！　立て直し公のご意見聞きたかったところです！)

興奮を抑《おさ》えながら立ち上がり、フィーナは資料棚《だな》をごそごそと捜《さが》すふりをした。本当は一発で場所もわかれば何枚目に何が書いてあるのかもわかる。質問に答えることも出来るし、更《さら》には答えつつ彼の見解を質疑応答の形で聞きたいぐらいだ。しかし、そうすることは出来ない。そうしたら、自分が領地運営に携《たずさ》わっていることがバレてしまう。

「こちらの資料に、もしかしたら」

「失礼」

すべてが速い。受け取った資料をめくる手には躊躇《ちゅうちょ》がないし、文字を追う目の動きも速い。その間、フィーナの向かいに座っているヴィクトルが彼女に話しかける。

「故レーグラッド男爵は、領地運営をなかなか深く考えていらっしゃったのですね」

「え？」

彼は、執務室の壁《かべ》に貼《は》ってある領地内の地図を指さした。

「こうしてレオナール様と共にいくつかの領地を回りましたが、領地の地図を大きく作って、このように執務室の常に見える場所に置いているような方は見たことがありませんし、これ、素晴《すば》らしいアイディアですね……地域を分割して、月ごとの目標と達成度を地図にも貼ってあれば、誰《だれ》もが見るだけですぐ進捗《しんちょく》を理解出来ますし……」

いいえ、そもそもそれを見て議論できる「誰も」は今までいなかったんです……フィーナはそう言いたかったが、ぐっと堪《こら》えた。地図を執務室に貼って一目でタスクを把握《はあく》できるようにしよう、というアイディアはフィーナのものだった。まだ幼いヘンリーが少しでも「父と姉が何をしているのか」興味を持ってくれるように、との思いで作成したものだ。

「第一、自分の領地の地図を作るという発想は普通《ふつう》はない。そんなものはなくとも、おおよそ頭の中に入っている情報で事足りるからな」

資料から目を逸《そ》らさずに口を挟《はさ》むレオナール。

「だから、この地図を作った者は、誰かと情報を正しく共有しなければいけない、立て直しをするという大きな目標のためには、互《たが》いの脳内で齟齬《そご》が起きてはいけないということを知っている者だ。立て直しに限ったことではない。すべての物事を一人ではなく誰かと為《な》そうとする時は、前提条件の共通認識《にんしき》を浸透《しんとう》させる必要がある」

フィーナは「ありがとうございます。わたし、わたしです！」と叫《さけ》びたい気持ちをまたもぐっと抑えて、レオナールが資料を確認し終わるのを待っていた。

「うん。大体わかった。地質と過去に作られた作物の変遷《へんせん》を調査していることは正しいし、その結果選んだものなのだろう。が、検討の余地はあるな。最新の作物事情には疎《うと》かったのだと感じる。まだ、作物を植えるための手配は終わっていないのだろう？」

「種や苗《なえ》の発注をしたとは聞いておりません」

まだで良かった、とほっとするフィーナ。そこは、自信がなかったところだ。だからこそ、領地の視察等をする前にすぐに彼が気にしてくれてよかったと心底思う。

「明日《あした》、あの地図に『3』と書いてある場所に行きたいのだが」

「はい、大丈夫《だいじょうぶ》です」

「助かる。それから、明後日《あさって》はここ。しあさってからは、あなたの叔父《おじ》とやらが作成した財務状況《じょうきょう》を分析《ぶんせき》しつつ、ここ最近の報告書を一通り見せてもらう。それから、地図を拝見したところ領地内を五つに分割して立て直しを進めているようだが、ここの地域は更に二分する」

「何故、でしょうか？」

「二つの川に囲まれているだろう。ひとつのまとまった地域に見えるが、西と東で依存《いぞん》している川が違《ちが》う。数年に一度は大雨が降ると思うが、その時の氾濫《はんらん》の具合がこちらの川とこちらの川では違うので、やるべきことの優先順位も変わる」

「あの、この地域の東側の川近くは高く土手を盛ってあって……」

これぐらいは口出しをしても問題ないだろうとおずおずとフィーナが言えば、即座《そくざ》に返答があった。

「ああ。街道《かいどう》を通った時に、それぞれの川辺に寄ってそれは確認してきた」

「ええっ⁉　あの街道から東西の川まで⁉」

驚《おどろ》きで声をあげるフィーナ。レオナールはぴくりと眉《まゆ》を動かすが、それ以上は何も言わない。

(仕事が早すぎるわ。そこまでしたのに予定通りの時間に到着《とうちゃく》するなんて、それも話がおかしいんじゃないかしら……？)

これは、後で騎士《きし》団長に聞いた話だが、馬車でやってくると思っていたハルミット公《こう》爵《しゃく》はまるで当たり前のように馬に乗って現れ、最初から「この街道を行くならば、ここと、ここと、ここに寄りたい」との指示があったのだという。来てから確認ではなく、既《すで》にレーグラッド男爵領に来る前の下準備が完璧《かんぺき》だったのだろう。

「だが、あの程度の盛土では足りなくなる可能性がある。戦争のせいでこの地域はかなりの伐採《ばっさい》が進んだと聞いた。伐採のみならず伐根されていると問題だ。しかし、見せてもらった資料からは伐根の有無《うむ》がわからない。たまたま近年大雨が来なかっただけで、今年や来年はその影響《えいきょう》があるだろうし」

「ああ、なるほど……あの土手では足りなくなる可能性があるということですね……」

彼の言葉は正しい。レーグラッド男爵領の森林は戦時中に王城からの不当な依頼《いらい》で過剰《かじょう》に伐採されていたから。なるほど、彼は川の氾濫に繋《つな》がる可能性を示唆《しさ》しているのだろう。

(すごい……すごい、すごい、すごい！　立て直し公の名前は伊達《だて》じゃない！)

彼らがレーグラッド邸《てい》に来てからそう時間も経《た》っていなかったが、すっかりフィーナは立て直し公のあまりの呑《の》み込みの早さと手際の良さに舌を巻いていた。出来る限り顔に出さないようにと必死に抑えていたが、どうにも興奮を止められない。

（天国のお父様、見ていますか。わたしの憧《あこが》れの人ったら、やっぱり最強です！）

あと、ついでに顔もいい。それも思ったが、きっと天国のレーグラッド男爵は見ていたとしても「そこはどうでもいい」と言うに違いない。

そうして、四人はみっちり一時間休憩《きゅうけい》なしで仕事の話をした。フィーナにとってはこんなに長い時間集中して誰かと取り組むことなぞ初めての経験だ。これまでは「わかっていない者同士」で額《ひたい》を突《つ》き合わせていたので、話の密度が違う。

（これから毎日甘いものを作ってもらおう……）

頭を使い過ぎると、疲労《ひろう》がかさむ。疲労がかさめば、甘いものが欲しくなるものだ。

フィーナはくらくらしそうになるのを必死に踏《ふ》みとどまり、なんとか最後まで話を聞くことは出来た。理解はまた別の話だが。途中《とちゅう》で「食事のお時間はどうなさいますか」と聞きに来たカークに、フィーナは心から「束《つか》の間の休憩！　カークったらいい仕事してくれたわね！」と賛辞を送ったのだった。


夕食後、新参者三人は簡素な湯浴みを終えてレオナールの部屋に集合した。彼があてがわれた部屋はヴィクトルとマーロの部屋よりは大きく、応接セットまでも用意されている。

ヴィクトルは王城とのやりとりに使う鳥を持ち込んでおり、借りる部屋の窓の方角に指定があったので、マーロの部屋より更に小振《こぶ》りの客間をあてがわれた。生活をするのには十分だったし、彼は文句を言うような人物ではなかったが「俺の部屋は狭《せま》いですから、レオナール様の部屋に集合でいいですよねぇ？」と自分から言い出すぐらいのふてぶてしさはある。

「今日の感想を」

レオナールの言葉は端的《たんてき》だ。ヴィクトルがまず手をあげる。

「計画書はよく出来ていましたが、検討すべきことは多いですね。それに、三ヶ月後に領主不在でも問題ないところまで、もっていくのは厳しそうです。視察を何ヵ所か終えた時点で、早めに引き継《つ》ぐ代理人候補の選定も必要でしょうねぇ……女性が代理人を務めるなんて、聞いたこともないですし」

「そうだな。後から代理人候補を募《つの》ってその候補に合わせた方針を検討し直すのは手間だ。早いうちが良いな。マーロは何かあるか？」

「そうですね……レオナール様がおっしゃっていたように、失礼ながらレーグラッド男爵が頑張《がんば》っていた『せいで』下手に現状維持《いじ》が出来てしまっていたのだと強く感じました。計画書はどの内容もあと一歩という感じが否《いな》めませんが、これまで行った先の中では一番わかっている感触《かんしょく》があります」

「そうだな。とはいえ、戦争でこの辺りの木材と職人をどっさり王城方面に連れていかれてしまって、働き手が減った中でここまでよく切り盛りしたものだ」

一日の終わりのこの時間。ここからも彼らの仕事の密度は濃《こ》い。彼らは立て直しの方針に合わせて人を手配することも多く、それに付随《ふずい》して王城方面の裏話も交えるため、フィーナの前では出来ない話もあるのだ。

「その職人たちは、まだレーグラッド領に戻《もど》せないんでしょう？」

「王城付近に残されている者もいるが、一部は復興のために王城から各地に派遣《はけん》されてしまっている。だが、戦時中より不当な扱《あつか》いは受けていないはずだ。収入もあがっていると思うので、今こちらに帰すのは互いに得策ではないだろうな。稼《かせ》いだ金は間違《まちが》いなく当人にもレーグラッド領の家族にも届いていることは確認済みだ」

「ってことは、働き手の人口はこのままで、立て直しの計画を進めるしかないってことですね」

その時ノックの音が響《ひび》いた。レオナールが「どうぞ」と言えば「フィーナです。夜分に失礼いたします」と不安げな表情でフィーナがそっとドアを開けた。見れば、まだ昼間と同じドレスを着ており、彼女が眠《ねむ》る準備をまったくしていないことに気付く三人。が、あえてそこは黙《だま》る。

「遅《おそ》くに申し訳ございません。明日、向から前に目を通していただくと良いかもしれない資料があったので……余計なことかと思いましたが……」

「いえ、ありがとうございます。マーロ」

「はい」

室内には入ってこないフィーナのもとへマーロが取りに行く。

「ああ、これは助かります」

受け取る時に資料に目を落としたマーロがそう言うと、フィーナの表情は明るくなった。

「それでは失礼いたします。おやすみなさい」

多くは言わずに去るフィーナに、三人も就寝《しゅうしん》の挨拶《あいさつ》を返した。とはいえ、彼らはこのまま眠っても良い状態だが、彼女はまったくくつろいだ格好にもなっていない。一体何をしていたのだろうかと思うが、初日からあれもこれも質問を投げかけるのは不躾《ぶしつけ》というものだろう。

「何の資料だ」

「ここ一年半ぐらいの、天候の記録ですね」

レオナールはぴくりと片眉をあげてから、口端《くちはし》を軽く歪《ゆが》めた。

「どう思う？」

「貴族令嬢《れいじょう》にしては、気が利《き》きすぎますねぇ」

「うむ」

ヴィクトルとレオナールのその会話に、マーロは「?」と不思議そうな表情を見せた。

「お前、察しが悪いな」

と笑うヴィクトル。

「ど、どういうことですか?」

「知らないっていう顔で通しているのに、結局こんな時間に我慢《がまん》出来なくて資料を届けるなんて、可愛《かわい》いですね」

そのヴィクトルの言葉にレオナールは笑いもせずに「そうだな」と答え、マーロから資料を受け取る。

「だから、どういうことですか……?」

「作物の選定をする場所の天候記録を持って来るっていう発想、普通《ふつう》のお嬢さんがするわけないだろ」

「あ」

「きっと、ちょっとはわかってんだよ。領地運営のこと。どこまでかは知らないけどさ。行く先々で父親の仕事っぷりを見ていたから、資料の種類とか、何が必要そうなのかとか、イメージ出来るぐらいはわかってるってこった」

「それなら隠《かく》さなくてもいいでしょうに」

「この国では、そうはいかないってことを、本人が一番わかってんじゃないかな」

　ヴィクトルはこの国で生まれ育っているが、マーロはレオナールが留学から帰国した際に連れて来た他国生まれ他国育ちだ。時々、こうやって「この国での女性の地位」について頭から抜《ぬ》けることがある。が、本来は「そうあるべき」であることは、レオナールもヴィクトルもわかっている。

「あのご令嬢は」

　レオナールは資料をめくりながら話す。

「この国の貴族令嬢にしては珍《めずら》しく、不必要と言われてしまう知識を持っている気配がする。川に寄った話をした時に驚《おどろ》いていただろう。普通のご令嬢なら、驚きもせず『そうなのか』ぐらいで流すところを驚いた……ということは、街道《かいどう》から川までの距離《きょり》を正確に把《は》握《あく》しているということだ。あれは、もう仕事をしてくるなんて熱心だ、という意味の驚き方ではない」

　その言葉にヴィクトルとマーロは目を見開く。彼ら二人はそこまでのことは気にしていなかったが、レオナールはそんなことまで感知していたのかと驚く。

「それに、木の伐根と川の氾濫《はんらん》の関係性も説明しなくとも理解をしているようだった。そもそも、領地運営に関《かか》わっていなければ、戦時下にこの地域の木材を大量に安値で提供させられたことなぞ知るはずがない。どんなに家族仲が良くてもこの国の貴族令嬢が知るような話とは思えないな。例外はあるが、これまで行った立て直し先のご令嬢たちは、本当に何ひとつ知らずに過ごしているようだったし……この国の貴族の女性に対する扱いは、ほとほと呆《あき》れる」

「明日《あした》以降、フィーナ嬢に迫《せま》られなければ、きっと本物でしょうね」

と、マーロは苦々しく笑う。

もしかしたら突然《とつぜん》フィーナも変貌《へんぼう》するかもしれない、と三人が未《いま》だ彼女を疑うのも仕方がないことだ。なにせ、レーグラッド領には現在領主不在で、弟のヘンリーの成人までは時間がかかる。その上代理人は領内では見つからないと来たものだ。そこで、ハルミット公爵《こうしゃく》との縁《えん》が出来れば援助《えんじょ》をしてもらえるのではないかと考えてもおかしくはない。

仮に、フィーナとレオナールが結婚《けっこん》をすれば、ヘンリーが成人するまでに一時的にこのレーグラッド男爵領をハルミット公爵領の一部として代理運営をすることも可能になる。

勿論《もちろん》、同じことは他《ほか》の領地にも言えることなので、レオナールはどこに行っても令嬢たち――本人の希望もあれば親から焚《た》き付けられる場合もある――からアプローチを受け、ヴィクトルとマーロに盾《たて》になってもらっている状態だ。

「資料を侍女や執事《しつじ》に頼《たの》まないでわざわざ自分で持って来たのは、少し胡散臭《うさんくさ》いと思いますがね。レオナール様がお一人でいるのを狙《ねら》っていたとか。結構な美人ですし、その辺は自信あるんじゃないですか」

フィーナが聞いていればきっと「この時間までわたしが働いていると知られたら湯浴み

に強制搬入《はんにゅう》されるので……」と反論しただろうが、残念ながら聞いていないし、聞いていたとしても「仕事をしていた」とは言えないだろう。レオナールはヴィクトルの言葉に「いや」と冷静に首を振《ふ》った。

「そういうつもりがあれば、湯浴みもして着替《きが》えてくるはずだ」

「ああ、確かに。いや、いまどき珍しい、なんていうんです？　クラシカルなドレスを着て、品が良い感じですよね。着替えないにしても、レオナール様を狙ってるなら、もうちょっと着飾《きかざ》ったり露出《ろしゅつ》があってもおかしくないかもしれませんねぇ」

「ああ。それに、初手でお前も見事に挫《くじ》かれただろう？」

「あ〜、まあ、でもあれは軽い様子窺《うかが》いですよ」

レオナールがいう「初手」は、名前の呼び方の話のことだ。レオナールとフィーナがやりとりをしているところに、ヴィクトルがわざと割り込んだ。あそこはヴィクトルが割り込む必要はこれっぽっちもなく、レオナールが「髪《かみ》の色で呼ぶという雑なことをしている」と答えて終わればよかったはずなのだ。

「わっかりやすい令嬢だったら、あそこで『お前には聞いてない』って顔をしますからね」

だが、フィーナはそんなヴィクトルの目論見《もくろみ》なぞこれっぽっちも想像せず、その辺の村娘《むすめ》かと思えるほど素直《すなお》に笑っていたのだから、少しばかりヴィクトルも毒気を抜かれた。

挙句に、ソファを勧《すす》めながら自分でガタガタ椅子《いす》を運ぶあたり、余計その辺の村娘と変わらぬように見えてしまったから困る。

「それだけじゃない。マーロの言葉にあんな嬉《うれ》しそうな表情を見せたのは、演技ではないだろう」

「マーロの？」

「今さっきの話だ。助かるとマーロが言ったら、ほっとした表情をしていた。あれは、半信半疑で持ってきたが、役に立ってよかったという表情だ。わたしが一人かどうかよりも、そちらの方が嬉しかったのだろう」

「レオナール様の脳って本当にどうなってるんですかね……俺が女だったら、こんなに見《み》透《す》かす人と結婚したくないんですけど」

「奇《き》遇《ぐう》だな。わたしもお前が女性だとしても、結婚したくない」

「えっ、ちょっと地味に傷つくんですけど……」

ヴィクトルのその言葉にマーロは堪《たま》らず笑うが、レオナールは嫌《いや》そうな表情をちらりと向けるだけだ。

そんなわけで、使用人を巻き込んで体裁《ていさい》を整えようとしているフィーナだったが、ほぼ自分でボロを出しまくっている。何かと目ざといレオナールにバレるのも、最《も》早《はや》時間の問題かもしれない。

第二章　立て直し公の名は伊達じゃない

レーグラッド家は事故で馬車を失ったため、ない金からどうにか捻出《ねんしゅつ》して中古の馬車を購入《こうにゅう》していた。古臭《ふるくさ》い型だと思っていたが、レオナールたちと自分が乗っても窮屈《きゅうくつ》すぎない大きさであることにフィーナは安堵《あんど》する。

(早急に手配しておいてよかった。それにしても、馬車に乗るのはあれ以来ね……)

父を失ったあの日の惨状《さんじょう》が、一瞬《いっしゅん》フィーナの脳内に浮《う》かぶ。馬車に衝撃《しょうげき》が走って、天地がひっくり返って体を打ち付けた。ガン、ガン、と衝撃を受けて体が跳《は》ねてボックスの角に打ち付けられた。隣《となり》にいたはずのヘンリーが吹《ふ》っ飛び、何故《なぜ》か開いてしまっていた扉《とびら》から父が手を伸《の》ばそうとして、そのままぐらりと揺《ゆ》れて……。

「……っ!」

馬車を見ていたフィーナはぶるりと一度震《ふる》える。見送りに出ていたカークがそれに気付いたようで「お嬢様《じょうさま》」と声をかけた。

「あ、うん、大丈夫《だいじょうぶ》よ」

「もしや、足……」

「違《ちが》うのよ。馬車に乗るのは久しぶりだなぁって思っていただけ。ごめんなさい。いらない心配をかけたわね。大丈夫。行ってくるわ」

　そう言いつつ、ヴィクトルやマーロの手助けも借りずにさっと乗り込んでしまうフィーナ。令嬢《れいじょう》なのに……と苦笑いを浮かべながら、レオナールはヴィクトルとマーロに乗車の順番を譲《ゆず》り、カークに尋《たず》ねた。

「ご令嬢は足が悪いのか」

「先日の事故で痛めて、半月は杖《つえ》を突《つ》いた状態でしたので……今は問題なく歩いていらっしゃるように見えますが、少し前までは時々痛みがあったようで」

　足の怪我《けが》については、特にフィーナから口止めはされていなかった。同伴《どうはん》する護衛騎士《きし》二人はわかっていることだが、念のためにとカークはレオナールに打ち明けた。

「何だと……？　男爵がお亡《な》くなりになった事故は、彼女も馬車に乗っていたのか」

「はい」

「それは報告書に書いていなかったな。教えてくれてありがとう。気にかけるようにする」

「こちらこそ、感謝いたします」

　頭を下げるカークに「ああ」と曖昧《あいまい》に返し、ようやくレオナールもボックスに乗り込む。

　本来、主《あるじ》が出掛《でか》けるからといってわざわざ執事が邸宅《ていたく》から出て見守る必要はない。ということは、足の怪我を心配したのか、それとも。

（馬車に乗ることも、怯《おび》えていないだろうか。大丈夫だろうか）

わざわざ視察に同行する必要もないのに、と思ったが、数日は領内をフィーナと共に動き、王命でやってきたのでフィーナの許しを得て領内を視察してる姿を見せた方が、その先自由に動きやすくなる。それは確かだったので、レオナールは彼女の同行を承諾《しょうだく》した。が、懸念《けねん》があるならば置いていった方が……。

（いや、彼女の立場を考えれば同行は当然か）

よくない。つい、女性だから、と考えてしまう。この国に自分も毒されている気がして、心の中で自分を叱責《しっせき》する。レオナールは馬車に乗り込んで御者《ぎょしゃ》に声をかけた。

「出してくれ！」

馬車は、中古とは思えぬほど円滑《えんかつ》に動き出す。

「フィーナ嬢」

「はい？」

やがて、レーグラッド邸《てい》が見えなくなる頃《ころ》、レオナールは思い切ってフィーナに事故について尋ねた。

「先程《さきほど》、執事から聞いたのだが……父上がお亡くなりになった事故、その場にあなたもいらしたのだな」

「あ……そうです」

フィーナは困惑《こんわく》の表情を浮かべて目を逸《そ》らす。目を逸らしたのは「カークったら、そんな話をレオナール様とするなんて、心配性《しよう》なのよ！」と若干《じやつかん》心の中でむくれたからだ。しかし、運が良いことに彼女のその仕草は「事故のことを思い出すのは、今もつらいことだろう」と三人の同情を引いた。それと同時に、ヴィクトルは驚《おどろ》いて声をあげる。

「えっ、フィーナ様も馬車に乗っていらしたんですか」

「はい。父とわたしと弟のヘンリーの三人で馬車に乗っていて……」

「事故に関する報告は、誰《だれ》が王城に提出したのだ？　爵位《しやくい》を持つ者の生死に関《かか》わる報告は正式な書類として王城に保管されるはずだが、そこにはあなたのことが書いてあったのだろうか」

「わたしが書きました」

「あなたが？」

「はい。叔父《おじ》から、そういう文書を王城に提出しなければいけないと聞いて、わたしが提出いたしました。そこには……」

自分が同乗していたことは、間違《まちが》いなく書いた。だが、レオナールたちの報告書にはそれは明記されていなかったという。それだけで、この国での女性の地位が低い、爵位に関わる話に女性は最初から関係がないと考えられていることがわかる。

「ああ、心配しなくてよい。あなたが報告をした書類は間違いなく王城に保管されているだろう。我々の手元に来たレーグラッド領についての書類は、数名の手を渡《わた》って作られたものなので、その数名の中であなたを軽《かろ》んじる者がいただけということだ。ヴィクトル」

「はい」

「確認《かくにん》して、そいつは仕事から外してくれ。我々が必要とするのは爵位に関する話ではなく、足を運ぶ領地の直近に何があったかを漏《も》れなく知ることだ。勝手に情報をふるいにかける者に用はない。二度とハルミット家が負う仕事を与《あた》えるな。その辺に適当に放《ほう》り出せ」

あまりに冷たい声音《こわね》で吐《は》き捨てるレオナール。ヴィクトルは「かしこまりました」と答える。フィーナは三人の顔を順番にぐるぐる見ては「えっと、あの」と困った。

「不愉快《ふゆかい》な思いをさせてしまい、申し訳ない。あなたには失礼なことをしてしまったが、おかげで無能を一人炙《あぶ》り出すことが出来た」

そう言ってフィーナを見るレオナール。彼としては「あなたのことを尊重してこのような手段に出ます。ですから、お許しください」という気持ちがこもった目線だ。しかし、悲しいかな、冷たい美貌《びぼう》を持つ彼のその表情はどちらかというと逆効果で、フィーナは硬《こう》直《ちょく》してしまう。

（うううううう、そんないいお顔で、切れ長の目で、いい声で、無能を炙り出すとか言われるの、めちゃくちゃ怖《こわ》い……！）

その思いにヴィクトルが気付いたのか、慌《あわ》てて横からフォローを入れた。

「レオナール様、そんな言い方をするとフィーナ様が怯えてしまいますよ」

「む？」

「そうですよ……用はないとか、無能を炙り出すとか、ご婦人にはちょっと強烈《きょうれつ》ではないかと……」

さらにマーロがそう言えば、フィーナは心の中でガクガクと首から上がもげるのではないかと思うほど頷《うなず》いた。正直、自分がもしその「無能」と言われた立場だったらと思うと悪い意味でぞくぞくしてしまう。彼女の心は疑似《ぎじ》的にレオナールの部下のようなものなので――勿論《もちろん》レオナールは知る由《よし》もないが――つい、そんなことを考えてしまうのだ。

しかし、レオナールは「どこがだ……？」とわかっていない様子だ。無能を近くに置くほどわたしは暇《ひま》ではないし、それはお前たちも同じことだろう？」とわかっていない様子だ。冷たく整った顔が怪訝《けげん》そうに歪《ゆが》められると、困ったことに更《さら》に怖さが増す。正直なところ、ヴィクトルとマーロですらそう思ってしまう。

ヴィクトルは「そういうところですよ」と言いたかったがさすがにそれは言えなかった。事実、彼は正しかったし、同じセリフをヴィクトルが言っても威圧感《いあっかん》はなかっただろう。すべて彼の顔の為《な》せる業《わざ》だ。

「何か、おかしいことをわたしは言っただろうか？　フィーナ嬢」

「いえ、いえ、まったく、全然、大丈夫《だいじょうぶ》です、問題ございません……！」

突然《とつぜん》自分に話を振《ふ》られて、フィーナの声は裏返った。

（わ、わ、わかりました。これは、わたしに対して、無能はすぐに切る、無能だと思ったら視察も同行させない、とレオナール様はおっしゃりたいのですね……？）

そんなことは微塵《みじん》もレオナールは思っていなかったが、フィーナはわけのわからない勘《かん》繰《ぐ》りで、自分が彼に警告をされたのだと判断した。

やばい、厳しい人だとは聞いていたが、この顔であんなことを言われるとかなり怖い。下手なことを言って無能だと思われるぐらいなら、案内役としていっそ黙《だま》っていた方が良いのかもしれない……フィーナは心の中で震《ふる》えあがり、事故以来の馬車に恐《おそ》れを抱《いだ》く余裕《よゆう》もなくなった。ある意味、レオナールは彼女の心の救世主となったのだ。一時的に。無意識に。なんにせよ、結果オーライというやつだ。

視察の目的地は、大量に木材を伐採《ばっさい》された跡地《あとち》だ。シャーロ王国はどこでも樹木があるが、特にレーグラッド領は質が良い樹木が多くある。本来、重くて堅《かた》い木が「強い」とされるが、レーグラッド領にある広葉樹はその中でもバランスが良く「堅いわりに比《ひ》較的《かくてき》重くない」と言われている。そのおかげで、戦争が始まってからは投石器を作るのに最適と言われ——投石器ならば素人《しろうと》でも即戦力《そくせんりょく》になる——堅い木材を扱《あつか》える者たちは王城に招《しょう》集《しゅう》されてしまった。

堅い木材は傷がつきにくいので、戦争前はテーブルなどの調度品に最適とされていた。堅い故《ゆえ》に彫刻《ちょうこく》を施《ほどこ》すのは大変なので、その分色付け絵を描《えが》く職人も領地内に育っていた。

だが、戦争で絵付けの需要《じゅよう》はなくなったし、木材を加工する者たちはみな出稼《でかせ》ぎ状態、そして、王城から戦前よりもだいぶ安値で木材の提供も命じられてしまった。それを渋《しぶ》った結果、伐採するため兵士が送り込まれた過去がある。過度な伐採のせいで、今から植林をしたところで以前のようになるまでは十年二十年必要だし、そもそも植林するほどの余力が既《すで》にレーグラッド領にはない。

「なんだこりゃ、伐根されている場所とされていない場所が混じってますね」

伐採時に残った木の根を植林のために掘《ほ》り出そうとすれば、相当の人手と時間が必要となる。反面、初期に伐採された場所は何故《なぜ》か伐根までされている。ヴィクトルが声をあげれば、レオナールは小さく溜息《ためいき》をついた。

「これは、予想以上だな……」

「ここから運ぶのにも相当な日数と人数が必要だったろうに、前王もかなり無茶やらかしましたね。そこがまあ、無能の……おっと、失礼、口が滑《すべ》った」

苦笑いを見せるヴィクトル。

「ああ、これは酷《ひど》い」

酷い、とはどういうことだろう、とフィーナは伐採跡を見て、それから再びレオナールを見た。ヴィクトルも溜息をつく。

「素人が切りやすい、運びやすい場所を優先して切ったんでしょうね。それに、あちこちに受け口を途中《とちゅう》まで入れて放置した木がありますし、倒《たお》す方向をコントロール出来てなかった木が何本も他《ほか》の木にひっかかっている。もともとのここの木こりじゃない者が伐採に来たことが一目でわかる……こりゃ放置出来ないな」

「フィーナ嬢《じょう》。この地域は数年に一度ぐらいは大雨が降り、また、強風に襲《おそ》われることがあるとも聞いたが」

レオナールはぐるりと辺りを見回しながらフィーナに尋《たず》ねる。雨の話は昨日ちょっと川の件で話していたが、強風のことは彼の口から出ていなかったはずだと思う。新しい懸念《けねん》が発生したのだと瞬時《しゅんじ》に気付き、フィーナの声は僅《わず》かに震えた。

「はい。ここ数年は落ち着いていますが……」

「伐根までされている場所は地盤《じばん》の緩《ゆる》みを招く。最悪、次に大雨と強風が来たら、地盤が緩んで川には土砂が流れ込むだろうし、普通《ふつう》の木なら耐《た》える強風でも、受け口が入ったまま放置された木材は全て折れて、他の木に影響《えいきょう》を与えるだろう」

「不勉強で申し訳ございません。受け口とは」

レオナールは近くにあるまだ伐採されていない木に近付き、フィーナを手招きした。

「これを、受け口という。木を切る時に最初に入れる切り口だ。斜《なな》めに切り口を入れて、後に反対側からまっすぐ切るのだが、やってきた者たちはこの木に慣れていない者たちだったのだろう」

彼が指さした木には、確かに既に斧《おの》か何かで切り込みが入っていた。注意深く見ればそういう木があちこちにある。彼女がここに視察に来たのは初めてではない。だが、その状態すら把握《はあく》できていなかったのだ。木が相当まばらになっていることはわかっていた。それを見てショックを受けたものの、もっと細やかに見るべきだったのだ。

（駄目《だめ》だ。何もわかっていなかった。わたしの目で何をどう見ても、知識がないどころか注意力が足りな過ぎて、疑問に思うべきことにすら気づけていない。たまたまその時近くにあった木に受け口が入っていなかったのだとしても、もっと……）

レオナールに色々質問をしたいと、あれだけ思っていた。だが、現実に彼らの「視察での最初の会話」を聞いただけで、そこには自分が入る隙《すき》は無いと知る。一言一言に教えを乞《こ》うて、聞き返さなければ理解が出来ないなんて。フィーナは己《おのれ》の未熟さに呆然《ぼうぜん》とした。

（こんなに足りないなんて。これでは、ヘンリーが成人するまでの代理人に自分がなり続けるなんて、口が裂《さ》けても言えないわ……）

フィーナは己に深く落胆《らくたん》し、下唇《したくちびる》を噛《か》み締《し》めた。今日の彼女の情緒《じょうちょ》はちょっと忙《いそが》しい。

「フィーナ嬢？」

「あ、いえ、そう、ですね。おっしゃる通り、うちの領地から王城に招集された者たちは、そちらで加工をすることに手一杯《ていっぱい》で、伐採の命令が出た時にここに来たのは知らない者たちばかりだったと、近くの人々は言っていました……この辺りで古くから木こりとしてみなのリーダーだったウォルターさん親子は、最初の招集で名指しされて王城方面に連れていかれて……」

だから。だから、見る人が見ればわかるこの状態を、今日の今日までフィーナは認識《にんしき》出来ていなかった。勿論、レーグラッド男爵《だんしゃく》だってそうだ。彼は、樹木を育てることや、材木での商売については学んでいたが、伐採や植林計画はウォルターたちに任せきりだった。

「過去の天候からの予測では、再来月《さらいげつ》大雨が来るのではないかと考えられています」

「そうか。今からでもギリギリだな。ここに人手を回したいが、どこにどれだけ注力すれば良いのかは今日判断するべきことではない」

今からでもギリギリ。その言葉の根拠《こんきょ》もわからないし「何をすること」に対してギリギリなのかもフィーナにはまったくわからない。

（今までは、既に終わってしまったことを追いかけただけだったから、わかっていた気になっていたけれど）

これが、知識の差なのだ。教育と実践《じっせん》の差だ。何が代理人だ、と自らの不足を恥《は》じてフィーナは頬《ほお》を紅潮させた。それに、案内にすらなっていない。彼らは一目で「何が問題なのか」を自分たちで紐解《ひもと》いていってしまう。どこを見て欲しいだとかこちらから言えることもなければ、あちらからも何が見たいだとか、そんな会話をフィーナとすることすらないのだ。

「ここに植林をするのが厳しいから、代わりに通ってきたふもとの平野を開墾《かいこん》して、新しい作物を植えようという計画を立てたのだったな？」

「はい。植林のためにこの伐採の跡地を整えるには時間がかかりすぎますので……ありがたいことに我が領地はこの木材によって道具が揃《そろ》っておりますので、開墾をする方がまだ効率が良いと考えました」

あまりに衝撃《しょうげき》を受けたフィーナは、取り繕《つくろ》うことを忘れ、ひたすら彼の質問に答えた。今の自分に出来ることは、せめて自分と父が考えた苦肉の策を彼に正しく判定してもらうことだけだと、縋《すが》りつく気持ちがそこにはあった。

「うん。昨日見せてもらった土壌《どじょう》調査の資料が、先程通った平野のもので間違《まちが》いないな？」

「はい……あっ……」

フィーナは黙り込む。ヴィクトルとマーロは不思議そうにそれを見ていたが、レオナールは彼女が「彼が何を言おうとしているのか」を察知したのだろうと、静かに待った。

「そちらに作物を植えても……この伐採地を先にどうにかしないと……土砂が大きく崩《くず》れたり……それが川に流れた上に氾濫《はんらん》が発生すれば、あの平野に流入してしまう可能性があ

ります よね……？」

「位置的にそうなる」

「現状問題なく生活が出来ている領地であれば、川には大きな変動はなく……領地を立て直すための治水とは……生活水と畑のためのものだと思っていました……」

その言葉にヴィクトルとマーロは軽く眉《まゆ》をあげた。レオナールは冷静に、

「そこに止《とど》まることが出来れば良かったのだがな。ヴィクトル、マーロ」

「「はい」」

二人はそれ以上何を命じられたわけでもなく、馬車を守りながら周囲を窺《うかが》っている護衛騎士《きし》を呼びに行く。それから、他の木に寄りかかっている木の本数、受け口を作られて放置されている木の本数、放置された切り落とした跡《あと》を数えることは難しいため、面積を大まかに算出するために測定を始めた。

レオナールは部下の動きから目を離《はな》さず、隣《となり》にいるフィーナに「何故ここを最初に選んだのかわかるか」と問いかけた。きっと、ヴィクトルとマーロがそれを聞いていたら「レオナール様、フィーナ様は自分たちのようにあなたの部下ではありませんよ」と言っていただろうが、そんなことよりもフィーナはそれに即答《そくとう》出来ない自分を恥じ、それどころではなかった。

「……わ、かり、ません」

「そうか」

「わかるように、なれる、でしょうか」

絞《しぼ》り出したフィーナの声に、レオナールはようやく部下たちから目を離して彼女を見た。

「フィーナ嬢」

「いえ、わたしごときが、わかるわけはないんです。それぐらい理解しています。申し訳ございません。出過ぎたことを口にしました……」

眉間《みけん》に皺《しわ》を寄せるレオナール。フィーナは、彼のその表情を見ていない。

「いや、こちらも、問う必要がないことを問うてしまった」

両手を胸の下でそっと組んでいるだけに見えて、フィーナの手はギリギリと力が入っていた。力を入れていなければ泣き出してしまいそうだったからだ。そのせいで、頬どころか顔全体が真っ赤になっていたが、それを彼女自身が気付くわけもない。

かくして、初日の彼らの視察は、フィーナの心を折りに折って終わった。彼女にとって唯一《ゆいいつ》の幸運は、帰りの馬車も己の不足に憤慨《ふんがい》し続けたため、馬車に対するトラウマが影響する隙がこれっぽっちもなかったことだった。


「うううう……」

その晩の湯浴みでララミーに髪《かみ》を洗われながらフィーナは呻《うめ》いた。

「お嬢様《じょうさま》、仰向《あおむ》けのまま呻くなんて、喉《のど》がひきつってしまいますよ」

「うううううううう」

「お嬢様ったら、もう……」

「ララミー、許して頂戴《ちょうだい》……あのお三方の前では呻くことすら出来ないから、ここで呻くぐらいは許されたいのよ……」

彼女にも一応体裁《ていさい》というものはある。視察先で知ったあれやこれやで自分の愚《おろ》かさにはらわたが煮《に》えくり返ってはいたが、だからといって彼らに八つ当たりをすることもなかったし、しょげて何も話せなくなるようなこともなかったし、まあ、もしかしたら一時的にレオナールには「何故《なぜ》か不機嫌《ふきげん》だな」ぐらいには思われたかもしれないが、あれから彼女は頑張《がんば》ってそれなりの振《ふ》る舞《ま》いをしながら帰宅したのだ。

「ねぇ〜、どうしたら頭が良くなるのかしら？　数字が苦手なのはもうわかってるから、それ以外に……知識。知識をつけるにはどうしたらいいのかしら。何の書物を読めば良いのかすら、わたしにはわからないのよ……」

ララミーは困惑《こんわく》した。どう考えても本来は彼女に向けられるような質問内容ではない。だが、自分に言うしか、フィーナは頼《たよ》れる保護者がもういないのだということもわかっている。

「それはもう、先生となる人をお呼びするしかないんじゃないですかねぇ……」

「そんなお金はうちにはないし、そもそも女のわたしに色々教えてくれるような人なんて、まったくあてがないわ」

「そうですねぇ。それに、これ以上お嬢様が行き遅《おく》れては奥様がお嘆《なげ》きになるでしょうし」

「っていうか、お母様もそろそろさぁ～、ああ、駄目《だめ》ぇ、今日は愚痴《ぐち》っぽいわ、わたし」

「大丈夫《だいじょうぶ》でございますよ。お嬢様は愚痴を言わな過ぎます」

「そうかしら？」

「はい」

優《やさ》しいララミーの言葉に、少しだけフィーナはじわりと涙《なみだ》を浮《う》かべた。駄目だ。今日は少し涙もろくなっている、と思う。

（お母様は悪くない。お母様だって、お父様がお亡くなりになったことを受け入れようと少しでも前に進もうとなさっているってわたしちゃんと知っているわ。ヘンリーの傍《そば》から離れないけれど、最初はいつお父様はお帰りになるのか、なんて何度も口にしていたもの。それがなくなって、お父様がお亡くなりになった事実は、ようやくここ最近受け入れたようだとお医者様から説明もあったし）

それに、レースで編んだ付け襟《えり》を侍女に頼《たの》んで自分に届けてくれた。彼女はフィーナのことをないがしろにはしていない。一緒《いっしょ》にメッセージもついていた。ヘンリーのことにかかりきりであなたに会いに行けなくてごめんなさい、と。

だが、フィーナは知っている。彼女とヘンリーは離れにいるが、本邸《ほんてい》と驚《おどろ》くほど距離《きょり》が離れているわけではないのだ。会いに来られないわけがない。ヘンリーは安静にしなければいけないし、痛み止めを毎日飲んでいるおかげか、よく眠《ねむ》る。彼が眠っている間に、ほんのちょっと本邸に顔を出して、ということが出来ないはずがない。毎日どころか、午前午後に一度ずつ来るぐらいは顔を見せられるはずなのだ。だが、フィーナのもとに彼女がやってくることは決してない。

「ねえ、ララミー」

「はい」

「お母様は、多分今わたしと会うことで、恨《うら》み言を言わないようにしているんだと思うのよ」

「恨み言ですか……?」

「お父様ではなくて、わたしが死ねばよかったと、ほんのちょっとでもきっと……」

「まあ、なんてことをおっしゃるんですか、お嬢様!」

ぼちゃん、とララミーは湯船に腕《うで》を入れて声を荒《あら》らげた。

「奥様がどれほどフィーナ様を大事にしていらしたのか、わたしは存じておりますよ!」

「ええ、ええ、わたしもわかっているのよ。それは疑っていないの。だからなのよ。お母様はわたしのこともきちんと愛してくださっているから、わずかでもそんなことを思いたくないから、わたしにまだ会えないのだと思うの。会えないのは、お母様の優しさなのよ」

「お嬢様……」

「わたしももう二十歳だし、お母様に抱《だ》きしめてもらうには、ちょっと大きくなりすぎたわ。行き遅れって言われるような年齢《ねんれい》ですものね」

でも。

ちょっとだけ、今日は誰《だれ》かにこうやって泣き言を言って、誰かに慰《なぐさ》めて欲しくなってしまったのだ。だって、そうではないか。こんなに自分は頑張っていると思っていたのに、頑張っていると思っていただけで、何もかも足りない。うじうじしていても仕方がない、と前向きにいつもなれていたのに、それが出来ないほどうちひしがれてしまった。

（お父様がお亡くなりになった時だって、そりゃあ落ち込んだけど……自分の力のなさで落ち込むのは、また話が違《ちが》うのね……）

「お嬢様、今日はお休み前に蜂蜜《はちみつ》とお酒が入ったホットミルクをご用意しますね」

「わあ、それはなかなかご機嫌になるわね」

「ええ、ええ、そうですとも。ご機嫌になっていただかないと。今日、お嬢様に何があったかはわたしにはわかりませんが、なんにせよハルミット公爵《こうしやく》様が来てくださったことは、喜ばしいことであることには違いありませんでしょう？」

「……うん。そう。そうなのよ」

「それに、お嬢様にとっては憧《あこが》れの人でいらっしゃるわけですし」

「うん。それも……それも、変わらないわ。あのね、公爵様は本当に素晴《すば》らしい方なのよ……素晴らし過ぎて、わたし、足下《あしもと》にも及《およ》ばなくて……」

「まあ、それでしょげていらしたのですね」

「うん……」

ララミーには敵《かな》わない。フィーナの少し負けず嫌《ぎら》いなところも彼女はよく知っている。そして、彼女がそうでなければ、きっと今日までレーグラッド領は維持《いじ》出来なかったのではないかと、領地運営のことはさっぱりなララミーでもそれだけは感じ取っているのだ。

「よかったではないですか。お嬢様の憧れの方が、お嬢様が足下にも及ばないほどの素晴らしい方だったなんて。お嬢様は見る目がおありということですよ」

「ララミーの言葉はたまにろくでもないほど前向きなのよね。わたしでもそこまでは考えられないわ、っていうぐらい」

「そうでしょうとも。なんといってもお嬢様が前向きなのは、わたしが幼い頃《ころ》からよーくよくお世話をさせていただいたからでしょうからね」

「うふふ。そうね。確かにそうだわ。ありがとう。元気が出て来た」

自分たちは使用人にも、領民にも恵《めぐ》まれている。それはフィーナのみならず、亡きレーグラッド男爵《だんしゃく》もが誇《ほこ》っていたことだった。それを思い出して、フィーナは「落ちこんでいられないわ」と少しいつもの彼女を取り戻《もど》したのだった。


「フィーナ様、やっぱり色々ご存じでしたねぇ」

今日も今日とて、男三人はまたレオナールの部屋に集まって、明日《あした》の下準備をしている。フィーナから借りた資料は当然複写されていないので、それぞれが目を通さなければいけない。一人が目を通している間に、他《ほか》の二人は今日の視察に関することと、明日以降のこと等いくらでも考えなければいけないことがあるので、誰ひとり暇《ひま》な時間はない。本来、湯浴みを終えた後は、脳をさっさと休ませるほうが質のよい睡眠《すいみん》をとれるはずだが、彼らにはあまり関係がないらしい。

「そうだな」

「貴族令嬢《れいじょう》の口から『治水』なんて言葉が出るとは思いませんでしたよ」

「そうですよね」

ヴィクトルもマーロも気になったところは同じだったようだ。勿論《もちろん》、レオナールもそうだ。

「相当レーグラッド男爵と一緒にいたんでしょうねぇ」

「いや、一緒にいた、という表現は失礼かもしれない」

「え？」

「案外と、理解しているんじゃないかな……」

そのレオナールの言葉に二人は驚く。

「どうしてそう思われるんですか？」

手元の資料を見ながら、レオナールはマーロの問いに答えず口を閉ざす。彼は、視察先でのフィーナとの会話を思い出していた。

『何故《なぜ》ここを最初に選んだのかわかるか』

『……わ、かり、ません』

『そうか』

『わかるように、なれる、でしょうか』

わからないのは、嘘《うそ》ではないだろう。だが、貴族令嬢ならばそんな問いに答えられなくて当然だ。そんな状態で彼女は瞬時《しゅんじ》に何かを考え、そして「わからない」とはっきりと判断をした。知識もなく何をわかるはずもない者ならば、簡単に「わかるわけがない」と言うかもしれない。あるいは、トンチンカンなことでも色々と口に出すかもしれない。わからないので教えてください、とあっさりと答えを聞くかもしれない。

だが、フィーナはどれでもなかったし、絞《しぼ》り出したその声音は低かった。レオナールがようやく彼女を見れば、一切《いっさい》彼女はレオナールを見ることなく、ただひたすら目の前の光景を睨《にら》みつけていた。まるで、ヴィクトルやマーロがやっていること、すべてを目に焼き付けなければと思っているように。本当のところはわからない。だが、レオナールは彼女が何かしらの強い意志を伴《ともな》ってあの様子を見ていたと感じ取っていた。

『わたしごときが、わかるわけはないんです。それぐらい理解しています。申し訳ございません。出過ぎたことを口にしました……』

それは、はっきりと「わかるようになりたい」と言ったも同義だ。そんなことがあるだろうか。いくら父親の仕事ぶりを見ていたとはいえ、教育を受けるはずもない貴族令嬢が、立て直し公と呼ばれる自分たちが来たことで「これで安心だ」と諸手《もろて》をあげて楽観視することもなく、理解したいなどと思うだろうか。

「レオナール様〜〜！　言うだけ言ってだんまりですか⁉」

「少なくとも我々が行うことを理解したいという姿勢を持っていることはわかったのでな」

「ええ？　それだけですか？」

拍子抜《ひょうしぬ》けだなぁ、とヴィクトルは肩《かた》を竦《すく》める。が、部下二人は、レオナールが何の根拠《こんきょ》もなくそんなことを言う人物だとは思っていない。きっと、何か自分たちが動いている隙《すき》に、レオナールとフィーナとの間に何かがあったのだと思う。

「とりあえず、一番気になった場所は確認《かくにん》出来たからひとまず良いとして……明日以降、視察や財務資料の確認をしつつ、並行してレーグラッド男爵が綴《つづ》っていた日々の報告書をざっくり確認しよう。併《あわ》せて、男爵がお亡くなりになった後、フィーナ嬢が同じ書式で書いていたらしい報告書も」

「はい。いや、それ本当に残しておいてもらって助かりましたよね。今まで行った場所、みんな記録が大雑把《おおざっぱ》で……」

書類が残っていないわけではないのだが、報告書はあくまで報告書であって、その時目を通せばよいだけの一過性のものと考えられている節がある。

領地への改革は一朝一夕で出来るものではないし、積み重ねるものは時に積み重ねた過去のものを確認する必要も出て来る。その時に捜《さが》せる形にはなっていないことがほとんどだ。

だが、レーグラッド男爵がここ二年近く書き留めた資料は、後から確認がしやすい形になっていたし、分類上「こちらの資料とも一緒《いっしょ》にしておきたい」と思えるものは複写してあるか、あるいは「どこどこの資料に含《ふく》まれている」と参考資料の場所まで書き添《そ》えられていて、王城の記録管理係と同じレベルの管理をしていると彼らには感じられた。

「そう思えば、それほど優《すぐ》れていたレーグラッド男爵の娘《むすめ》であれば、普通《ふつう》の貴族令嬢と違《ちが》っても不思議はないか」

「あ～、確かにそうですね……でも、そこまでレーグラッド男爵が優れていたなら、戦争に入る前にもうちょっと蓄《たくわ》えが出来てた気がするんですよねぇ」

「ああ……そうだな」

「まあ、追い詰《つ》められたら本気出た、みたいなやつかもしれないですけど」

その二人の会話でマーロは思い出したように尋《たず》ねる。

「そういえば、改革計画書の中で、このひと月動いていない部分がありますよね」

「鉱石の採掘《さいくつ》の件だな」

「調査出来る専門家の確保が出来なかったから止まっているんでしょうか。確かに採掘そのものは時間がかかるので、後回しでも良いと普通は判断する部分ですけど……」

「いや。あの計画書に入っている以上、優先度は高く設定されている。既存《きそん》の産業だけでは難しいということで手っ取り早く作物の選定をしてはいるが、そちらと鉱石の採掘は趣旨《しゅし》が違う。調査のための初期投資はかかるが、見込まれている鉱石が発見されれば、もしかすると対外的にも優位に立つための手段に即《そく》なり得るだろう」

「どうしますか？　さっさとこっちで専門家手配します？」

「初期投資がかかるのだから、財務表の精査の後だ。先走り過ぎるのもよくない」

二人はしばらくあれこれと話してから解散をした。ヴィクトルとマーロが出ていくと、レオナールは翌日の準備を手早く終える。

（少し体がなまっている……立て直し立て直しと言われ続けて、言い続けて、きっと剣《けん》術《じゅつ》の腕《うで》も落ちているだろうしな……仕方がない）

留学先の大国では、本当に朝から晩まで予定が詰まっていた。あの日々を思えば、今はまだ可愛《かわい》い方だ。国が敗戦国になることは、第三者の立場で見ていたため当然だと思えたし、だからこそ「どんな噂《うわさ》をされようと、戦《いくさ》が終わるまで国に戻って来るな」と彼に告げた前公爵《こうしゃく》である父親の気持ちはわかる。

噂というのは、ハルミット公爵は戦争が起こることを前もって知っていて、長男を国外に逃《に》がしたのでは、という、根も葉もないものだ。それらを、彼の父は否定し続け、かつ、戦が終わるまでレオナールを呼び戻さないことだけは何がなんでも守り通した。

レオナールは、戦犯の一人として自分の父親が処刑《しょけい》されるだろうと早くから腹を括《くく》っていたし、ならば、自分が帰国と同時に爵位を継《つ》ぐだろうとも覚悟《かくご》していたし、父親の処刑は免《まぬが》れたものの実際そうなった。そのせいで、また口さがない噂が流れた。戦争を経験もしていない者が公爵になって、復興の功労者になろうとしているのか。前ハルミット公爵は公爵家保身のためにそのような手段に出たのか、など、そう思われても仕方がない、けれど事実とは異なる噂だ。

それらを払拭《ふっしょく》するためには、彼が公爵であっても爵位にそこまで執着《しゅうちゃく》がないこと、あくまでも国民たちのために帰国をしなかったことを知らせる必要があった。だから、この二年半、馬鹿馬鹿《ばかばか》しい「立て直し公」なんていう名をつけられつつも、奔走《ほんそう》し続けた。

だから、彼を狙《ねら》っている令嬢たちの親が、実は裏で彼のことを悪く言っていることも知っている。彼が立て直しに携《たずさ》わった貴族たちは彼に恩義を感じているが、一方で、レオナールからすれば「金があるならこちらのことは放《ほう》っといて国のことを考えてくれ」と言いたくなる立て直しの必要がない貴族たちは、あまり彼をよく思っていない。だが、その金がある貴族の令嬢までもがレオナールを狙うのだからうんざりだ。

「女性たちに罪はないのだが……」

ぽつりとそんなことが口から出て、彼は「おいおい」と自嘲《じちょう》の笑みを浮《う》かべた。ここ数日はそんな女性から解放されていたはずなのに、どうしたことかと思う。

（ああ、フィーナ嬢がそういう人ではなさそうだから安心しているのか）

まだわからない。たった二日だ。正確には一日半。

それでも、初日にガタゴトと椅子《いす》を自力で運ぶ姿はちょっとおもしろかったし、何より視察に行っても一貫《いっかん》して彼女は熱心に話を聞いてくれたし、思うところがあれば時に考えを口にしてくれた。そして、それらはとても好ましいと思えたのだ。

（多分、彼女はなんらかの教育を受けている。それがどうしてなのかはわからないが……この国にはもう少し彼女のような人が必要だろう。女性でさえもあれぐらいの話が出来るというのに、何故《なぜ》貴族令息が育たないのか……やはり、現状の教育機関での教えはレベルが低い。そこを強化しなければこの国はいつまで経《た》ってもこのままだ）

この国の教育には色々と問題がある。きっと大国に留学していなかったら、自分はそれもよくわからないまま、自分が言うところの無能になっていたに違いない。彼は心底自分の父が有能で聡明《そうめい》な人物でよかったと思っている。

（しかし、ああいう女性であれば、彼女より無能な夫をあてがうわけにもいくまい。今はまだこちらの出方を窺《うかが》っているようだが、多分彼女は）

色々わかっているのだ。だが、わかっていると彼女の口からは言えない。それを公《おおやけ》に示してしまえば、のちのち嫁《よめ》入りであろうが婿《むこ》取りだろうが、どちらも難しくなることを知っているからだろう。レオナールはあまりに正確にフィーナの思考を推測する。

『わたしごときが、わかるわけはないんです。それぐらい理解しています』

何故か、あの言葉が忘れられない。それは、レオナールに向けた言葉であったが、どこか、彼女が彼女自身に向けた言葉に聞こえたのだ。

「今日も！　わたし！　お疲《つか》れさま！　でした！」

翌日も朝から晩までみっちり巡察《じゅんさつ》を行って、緊張《きんちょう》やら何やらのおかげでフィーナはくたくただ。寝室《しんしつ》でわざわざ声に出して言うと、ベッドに勢いよくダイブした。彼女は貴族令嬢《れいじょう》としての教育はそれなりに受けているので、そのような所作がよろしくないことはよくわかっている。よくわかっているが、心の行き場がない時は、体で発散するのが一番だ。少なくとも彼女はそういうタイプだった。

「今日も～」

心が折れそうになった。また湯浴みをしながらラミーに愚痴《ぐち》を言いそうになった。だが、二日連続でぐちぐち言いたくなかったので、ただひたすら疲れたから簡単にして、と強請《ねだ》った。

「でもよかった……明日明後日《あしたあさって》は叔父《おじ》様が出した数字を精査してくださるということだし……」

自分が領地運営に携わっていた、なんて声を大にしてしまえば、フィーナが苦手な数字とも向かい合わなければいけなくなるだろう。だから、やっぱり黙《だま》っている方が良い。少なくとも明後日を終えるまでは必ず。

「それにしても」

昨日今日の視察に同行してわかったことがある。自分はやはり無知だ。わからないことだらけだ。理解しようとしても出来ないし、彼らと同じものを見ているようで何も見えていない。どれほどまでの立て直しを三ヶ月で終えるつもりなのかはわからないが、彼らがいなくなった後、彼らと同じように「見える」人材が領地に必要だと心底思える。

（でも、そんな人がいるならとっくに来てもらっている）

だから、やっぱり自分がやるしかない。ヘンリーが元気だったら「何もわからないけれど勉強させて欲しい」と申し出て、ゼロから無理矢理三ヶ月詰め込むぐらいの無理をさせたかもしれないが、それは現実的ではないし、そもそも現在出来もしない夢物語というやつだ。

理想は、このままなんとなく彼らについて回って、少しずつ勉強させてもらうこと。その知識だけでもなんとかなるほど、彼らに立て直しをしてもらうこと。その二つだ。だが、それこそ理想は理想。現実はそんな都合が良いことになるわけがない。この二日間だけでも「それは無理そうだ」とわからされた。

となると、自分が当主代理人としてこのひと月振《ふ》る舞《ま》ったように、この先も振る舞い続けることはきっと出来ない。多分彼らはまだ何もフィーナに言わないが、いずれ「当主代理人になることが可能な貴族」と結婚《けっこん》するようにフィーナに提案するだろう、と思う。

（本当にそんな人はいらっしゃるのかしら。ああ、でも、金策と兼《か》ね合わせなくてもよくなれば、いらっしゃるのかもしれない……）

そうしたら。ヘンリーが大人になるまでは、どうにかしてくれるだろうか。自分は「よそうやって自分の隣に立っていればいいのだろうか。そう考えると憂鬱《ゆううつ》になる。

ベッドのサイドテーブルに積まれたノート。寝転《ねころ》びながら、それに手を伸《の》ばす。いつもならば、ごろごろと横になってそれを開くところだ。しかし、今日のフィーナの心は荒《あ》れていた。こんなもの、役に立たなかった。いや、そんなことはない。十分役に立ったはずだ。でも。

フィーナはすべてのノートを掴《つか》んで、次の瞬間《しゅんかん》雑に床《ゆか》に投げ捨てた。バサリと音を立てて、数冊のノートは勝手気ままな方向を向いて床に落ちる。

「あっ」

（何やってるんだろう。わたし）

無意識だった。あんなに大切にしていたものなのに、とフィーナは慌《あわ》ててベッドから下りてノートを拾う。どうしてこんなことをしてしまったのだろうかと悲しく思いながらもう一度サイドテーブルに戻《もど》すと「落ち着こう」とベルを鳴らした。

「お嬢様《じょうさま》、失礼いたします」

「ローラ、あのね」

今日の夜番の侍女はララミーではない。だが、ローラは若い割に気が利《き》く女性なので、フィーナはほっとする。

「ホットミルクをもらえる？　あのね、蜂蜜《はちみつ》とね、ちょっとお酒も入れて欲しいのよ。あ、蜂蜜多めで……ラミーには内緒《ないしょ》よ？　昨日も飲んだでしょう、贅沢《ぜいたく》ですよって怒《おこ》られちゃうから……」

そう告げれば、ローラは小さく笑った。

「お嬢様、それを贅沢だと思われているのはお嬢様だけですよ。今、お持ちしますね」

と言って厨房《ちゅうぼう》に向かった。

（そうか。わたしがそう思っているだけか）

パタン、と閉まったドアを見ながらフィーナはその言葉を反芻《はんすう》する。誰《だれ》の言葉がどういう方向に心に突《つ》き刺《さ》さるのかは、予想がつかないものだ。何の気なしにローラが放った言葉はフィーナの心をとんでもない勢いで刺した。

（わたしがやらなくちゃ駄目《だめ》だって思い込んでひと月やってきたけど、今はこうやって助けを借りることが出来たんですもの。そうしたら、自分がやらなきゃ、なんて肩肘張《かたひじは》る必要なんてないんだわ……それは、わたしだけが思い込んでいることだもの……）

使用人たちだって、ずっと自分のことを心配している。立て直し公が来ると聞いて、カークがあれほど喜んでくれたのは、領地のこともそうだが、フィーナがこれで解放されるだろうと思ってのことなのも、彼女はきちんと理解をしている。

だから、いいのだ。後はレオナールたちに任せておけば。そう思うものの、何かが割り切れない。割り切れないと思うが、それはないものねだりのような気もする。

「ああ、そうね……きっと……」

わたし、とても大変だったけど。

（少しでもこの領地を良く出来たらと、お父様と一緒《いっしょ》に未来のことを考えることが、きっと好きだったんだわ。自分がやらなくちゃいけないって気持ちだってあったけど、それだけだったらきっとここまで出来なかった）

最初はただの正義感だけだったのかもしれない。今、もう一度初心に戻れと言われても、それはなかなか出来そうもない。その時のフィーナは焦《あせ》りを感じて自分で自分の背を押すほどだったので、自分の感情ひとつひとつに向かい合ってきたわけでもないし。

（だけど、少しずつこれって素晴《すば》らしいことなんだってわかってきて。問題ばかりで大変だけど、何かをやれば何かはよくなって、少しでもよくなれば誰かが笑ってくれるって、この二年間でよくわかったんですもの……）

そして、失敗した時の責任も痛感した二年間だった。それにより、フィーナはさらに真《しん》剣《けん》に向かい合ってきた。だから、このノートは自分にとっては宝物なのだ。頑張《がんば》った証《あかし》でもあるけれど、何よりも、好きなことだから。父を失って、自分の役割もいよいよ失いそうになってから、それがようやくわかるなんて。

「ほんと、わたしって足りない。でも、足りないのは今だけじゃなくてずっとだもの。今《いま》更《さら》そんなことで落ちこむなんて、おかしな話よね」

フィーナは自分に言い聞かせるようにわざと声に出した。そうだ。ずっと自分は足りなかった。どれだけ足りないのかがわからないまま走ってきて、それがただ見えてしまっただけだ。見えたら、少し心が折れて、つい自暴自棄《じぼうじき》になってしまった。

「わたしが足りなくたって、今はレオナール様たちが手を貸して下さるんですもの。先のことを考えてくよくよするのはやめよう。それに、わたしがへこもうが思い込んでいるだけだろうがなんだろうが、ここで頑張らなくていい理由にしては弱すぎるわ！」

完全復活とまではいかなくとも、一気にテンションがあがる。まだたった二日ではないか。これからもっと色々なことが見えて来るに違《ちが》いない。その都度《つど》落ちこんでいては仕方がないし、足りないとはいえ引き続き勉強をさせてもらおう、そうしよう。

ローラが持ってきたホットミルクを飲んで、フィーナはもぞもぞと毛布に入った。ありがたいことに疲れがどっと出てきた。それ以上考えることもなく睡眠《すいみん》に入り、朝まですっかりよく眠《ねむ》ったのだった。

第三章　アデレードとフィーナ

さて、翌日から二日間は、フィーナの叔父《おじ》が作成した財務表などの細かな数値の確認《かくにん》を行う日にあてがわれた。

男三人で額《ひたい》を突き合わせてやるような作業でもないので、レオナールはヴィクトルとマーロにそれを任せ、フィーナの許可をとって一人で視察に出かけた。馬車では小回りが利かないので護衛騎士《きし》を一人案内役につけて馬に乗り、まる一日戻らないという。

二日間で疲《つか》れ切っていたフィーナは久しぶりに休暇《きゅうか》を得た。執務《しつむ》室はヴィクトルとマーロが占拠《せんきょ》していたし、財務に関しては数字が苦手なので彼女自身「執務室に近寄らないでおこう」ぐらいの気持ちだったからだ。とはいえ、何かあればいつでも彼らの質問を受け付けようと待機をしている状態だ。

カーク以下使用人たちは「お嬢様が久しぶりにお休みになっている」ということで、やれ、たまには庭園にどうぞだとか、やれ、たまにはマッサージはどうかとか、やたらとフィーナに話しかけて来るが、フィーナはそれらを一蹴《いっしゅう》した。

「みんなわたしのことを気にし過ぎよ。ちょっと今日は一人でゆっくりするから、そんなあれこれ気にしないで」

邸内《ていない》のことはほぼカークに丸投げしていたが、本来邸内の管理は男爵《だんしゃく》夫人である母親の役割だ。そして、母アデレードが出来ないならば、本当ならフィーナの役割。むしろ、貴族女性はそれだけが役目で、とはいえ、屋敷《やしき》の執事《しつじ》に任せることも多いため、結果的に何もしていない者が多い。

（領地運営をみなさんにお任せするということになれば、邸宅管理ぐらいはしなくてはいけないかしら）

カークからすれば「そこはこちらにお任せください」というところだが、フィーナはもう「働かない」生活に戻れそうもない。要するに彼女は一種のワーカホリックに陥《おちい》っていて、休むことが下手になっている。

（そうだわ。執務室はお二方に明け渡《わた》しているけど、お父様の書斎《しょさい》があるもの。わたしにでも読める本があるかもしれない）

正直なところ、そこまで読書は得意ではない。だが、この二日で己《おのれ》の未熟さを痛感した彼女は、少しでも何かを身につけなければと妙《みょう》に心がざわついてしまっている。

「よし。この二日は自分なりのお勉強の時間にしましょう。領地のことはちょっと頭から切り離《はな》して……」

独り言を音にするとなんだかそれはわざとらしく感じ、フィーナは動きを止めた。確かに勉強をしたいと思っている。だが、それは今の自分にとって本当に最優先事項《じこう》なのか。心に何かが引っかかる。

「ああ、そっか。そうよね。そう。そうだわ」

何度も言ってしまうのには理由がある。「それ」をフィーナは忘れたいと思っていたからだ。いや、正確には「忙《いそが》しいふりをしていたかった」だろう。

「ヘンリーとお母様のところに行かなくちゃ……」

離れにいる二人のことをすっかり忘れていた。いや、忘れていることにしていた、という方が正しいだろう。

「うーん、そうよね。お休みもらっちゃった以上は、行った方がいいわよねぇ……」

カークや使用人たちが彼女を休ませようとしても、なかなか休まない理由。そのうちのひとつに思い当たって目を伏《ふ》せる。忙しい忙しい、とやっていれば、向かい合わなくても良いからと、多忙《たぼう》を口実に逃《に》げていたこと。そのひとつは、母とヘンリーのことだ。

忙しい間は「お母様が会いに来ない」という体《てい》に出来たし、実際先日ラミーに話した通り、きっと母アデレードは何かしらの想《おも》いがあって本邸に姿を見せないのだと思う。だからといって、それを勝手な推測で尊重をしているふりをして、フィーナもまた離れに行かないのは間違《まちが》っている気がする。

（ずっとお会いしていない。いくらなんでも、会わないにもほどがあるわ）

二年前ぐらいからフィーナが邸宅を空けることが増え、忙《せわ》しなく動き回っていたせいで、少しだけ母アデレードとの間に溝《みぞ》が出来たのは事実だ。互《たが》いに嫌《きら》い合っているわけではない。ただ、フィーナが領地運営に関《かか》わるようになったせいで、どんどんアデレードとの会話は減っていった。

もともとアデレードは、それこそこの国で若い頃《ころ》には「最高の淑女《しゅくじょ》」と呼ばれるほどの女性だった。穏《おだ》やかでたおやかで男性に従順であり、決してでしゃばらず、何歳になっても美しく、ひたすら夫と子どもを愛する優《やさ》しい理想の妻。だから、フィーナが男性と同じ形で勉学をしたいと言い出した時も、無論彼女は反対した。

フィーナとヘンリーは年の差がそこそこある。その間、アデレードは子どもに恵《めぐ》まれず、もしかしたらもう子どもが出来ない体なのかもしれないと医師に言われた。この国では貴族の妻が後継者《こうけいしゃ》を産めないということは、恥《は》ずかしいことだと言われている。最高の淑女と呼ばれながらも、後継者を産めないことにアデレードが心を痛めた時期は長かった。

フィーナは自分が婿《むこ》を取ればいい、と子ども心に思っていたが、それは「フィーナには可哀相《かわいそう》」だという思いがアデレードにあったのだろう。しかし、ヘンリーが生まれたおかげで、その思いは払拭《ふっしょく》された。そのせいか、少しずつ彼女の溺愛《できあい》はヘンリーに向けられ、フィーナが領地を空けるようになってからはそれが加速してしまった。

(わたしだって、もし、自分が婿を取るとしたって、知らない土地から来るお婿さんよりも、自分が領地について詳《くわ》しくなくちゃいけないだろうって思ったし……）

そもそも、由緒正《ゆいしょただ》しい家門とはいえ、レーグラッド男爵領は王城から遠い僻地《へきち》だ。そこに婿として来るような貴族子息はどんな人物になるのか想像もつかない。あれこれと「このまま自分しか跡継《あとつ》ぎがいなかったら」と、父と相談をした結果、フィーナはこの国の女性が本来手に入れることが出来ない、多くの学びの機会を得たのだ。

（あの頃のお母様は、わたしのことを可哀相な子だと言っていたし、自分のせいだって何度もわたしに謝っていたなぁ～）

優しい人なのだ。ただ、古い風習――それは今でもこの国に根強いので一概《いちがい》に古いとは言えないのだが――で生きて来たため、なかなか新しいことを受け入れられなかっただけだ。しかも「自分が男の子を産めていないから」という後ろめたさが当時のアデレードにはあっただろうし、仕方がないとフィーナも思う。

それでも、アデレードは今だってフィーナのことは愛《いと》しい娘《むすめ》だと言ってくれるし、レースで編んだ襟《えり》を届けてくれたり、メッセージを添《そ》えてくれたり、気遣《きづか》ってはくれているのだ。彼女からの愛をフィーナは疑ったことがない。

だが、今は少しうまくいっていない。だから、正直なところ会いたくない。会いたくないが、ぽっかりと空いた時間に彼らに会いにもいかずに呑気《のんき》にマッサージを受ける気にもなれない……というのが本音だ。

と、その時、ララミーがやってきた。

「お嬢様《じょうさま》、来月の感謝祭のために手配したものが届いたとのことです」

「あら、予定より早かったのね」

「ええ。どうやら、街道の整備が進んだおかげらしいですよ。お休みの日に申し訳ありませんが、確認《かくにん》していただけますか？」

「もちろんよ。倉庫前に行けばいい？」

「はい。お待ちしておりますね。あれですかねぇ、レオナール様はお出かけ中ですけど、お二方に手伝ってもらうことは出来ませんかね。今日来るとは思っていなかったので、男衆の手が足りないんですよ」

「そうね。荷を倉庫に運び込むのに、もし手伝っていただけたら助かるわ。聞いてみる」

ララミーが退室すると、フィーナはつい、ほっと安堵《あんど》の息を吐《つ》いた。休みだったけれど、たまたま予定外の仕事が入った。だから、仕方がない……そういう言い訳が出来たことに、安心してしまったのだ。

「感謝祭？　お祭りなんてやっている余裕《よゆう》があるんですか？」

「男爵様がお亡《な》くなりになってそう日数が経過していないのに、お祭りですか？」

執務室《しつむ》に行けば、運よくヴィクトルとマーロは休憩《きゅうけい》をしているところだった。感謝祭と聞いて、二人はどちらも首を傾《かし》げる。

「昔は盛大だったのですが、今はちょっとしたものをこちらから配布して、地域ごとにやってもらう形にしているんです。手配は父が亡くなる前に終わっていたので、止《や》めることも出来なくて」

「そうなんですね」

良かったら荷物の運び込みを手伝って欲しい。そう頼《たの》めば、二人は二つ返事で立ち上がる。その頼もしさに嬉《うれ》しそうに手を叩《たた》くフィーナ。

「荷物って、何ですか？」

「えーっと、粉とか、干し肉とか……」

「粉？」

怪訝《けげん》そうな顔をする二人。

「地域ごとにお菓子《かし》を作る材料を配布して、その地域の女性たちが大量にお菓子を作って子どもたちに配るんです。子どもたちはそのお礼にお花を摘《つ》んで、作ってくれた人たちに渡《わた》します」

「ああ、だから粉」

粉と言っても色々あるが、あえてフィーナは「粉」とざっくりと告げる。正直なところ、あまり製菓《せいか》に向いているとは言えないが、ないよりはまし、というものだからだ。それでも、その分今回は砂糖を良いものにしたのだと説明をする。

「昔は狩《か》り大会が同時に開かれて、男性が狩った獲物《えもの》をみなに振《ふ》る舞《ま》っていました。でも、今は狩りが出来る人も減っているので、代わりに安い干し肉を大量に仕入れて、それも各地域で配布してもらっています。レーグラッド家から領民への感謝、領民から自然への感謝、など色んな形で互いに感謝をし合うために、色々な方法で何かを振る舞い合うんです。だから、お祭りといえばお祭りですが、今はちょっと地味なんです」

「へえ～」

ヴィクトルとマーロはフィーナやラミーの期待に応《こた》えて、荷車から倉庫への荷運びを他《ほか》の使用人たちに交じって行った。思いの外、荷物の量があり、二人に頼んだのは賢明《けんめい》だったと言える。

「みなさんお疲《つか》れさまです。今年の感謝祭の準備がこれから始まりますが、よろしくお願いいたしますね」

商人への支払《しはら》いをカークが行っている間に、フィーナはみなにそう告げた。ヴィクトルは「これ、俺たちがいなかったらもっと大変だったんだよな」と言い、マーロは小さく頷《うなず》く。きっと、彼らがいなければあと半刻はかかっていただろうと思えたからだ。

「大変だなぁ……よく、こんな面倒《めんどう》なことを」

「そうですね。でも、きっとやった方が良いんでしょうね。男爵《だんしゃく》が亡くなって、領民はみな心配していますし」

マーロの言葉に頷くヴィクトル。確かにそうだ。男爵もいなくなった。そして、フィーナが代理人になり、感謝祭もしない、となれば領民たちは不安で仕方がないだろう。いくら立て直し公が来たとは言え、自分たちはまだそこまで民衆に受け入れられていない。

「お二人ともありがとうございます」

「いえいえ」

ちょうどよかったとばかりに「もしかしたら、まだ自分たちが見ていない資料に感謝祭に関する予算案とかあるのかな？」とヴィクトルが言えば、フィーナは「そうだと思います」と答えた。

「そこはさすがに見ても何にどれだけ必要なのかがピンとこないと思うので、もし時間があったら少し説明してもらってもいいですか」

「ええ、勿論《もちろん》です」

数字は苦手だが、数字の根拠《こんきょ》になる「何をするためのものがどれだけ必要なのか」は話すことが出来る。フィーナは快く彼らの提案に応じる。

かくしてフィーナは、予定より早くやって来た商人とヴィクトルたちのおかげで離《はな》れに行かない言い訳を作り、訪問を先延ばしにしてしまった。

（とはいえ、明日《あした》は行かなくちゃ）

先延ばしとはいえ、明日も休みだ。明日こそは、と思えば思うほど、なんとなく気持ちはどんよりとしてしまう。

（でも、仕方がない。明日を逃《のが》したら、またいつ行けるかわからなく……）

なっちゃう、と思いつつ、本当はそんな大したことではないのだともわかっている。考えても行く以外の答えは残っていないし、今悩《なや》んでも単に「行きたくない」という気持ちしかないともわかっているのだ。仕方がない。

「うう、明日は明日困ろう！」

「フィーナ様？」

「いえ、いえ、なんでもありません。こっちの話なので……！」

ヴィクトルとマーロ、二人は顔を見合わせた。が、それ以上のことをフィーナに突《つ》っ込んで聞いてはいけないと思ったのだろう。結局その日は、レオナールがいない間に、二人と親睦《しんぼく》を深めたのだった。

翌日、ヴィクトルとマーロは引き続き執務室で財務関係の確認《かくにん》と洗い出し、そして、レオナールは自室で明日以降の計画を作成したり、必要な人員手配のために手紙を書いたりと、細かなことをすることにしていた。

「ふう……」

レオナールが「少し疲れたな」と思った頃合《ころあ》いに、ノックの音が響《ひび》く。

「何だ？」

「カークでございます。ヴィクトル様宛《あて》に書簡が届きましたので、ヴィクトル様にお渡ししたのですが、ハルミット公爵《こうしゃく》様へお届けするようにと」

「どうぞ」

「失礼いたします」

見れば、一目で王城からのものだとわかる書簡をカークは手にしていた。

（ああ、そういうことか。ヴィクトルめ。鳥を使ったな）

「ありがとう」

カークはレオナールに書簡を渡すと、一礼をして出ていく。

こんなタイミングでヴィクトル宛に書簡が届いたのは、彼も心当たりがある。例のレーグラッド男爵が亡くなった事故に関する件だ。無能の解雇《かいこ》のためには、フィーナが正しく報告書を王城に出したことを確認しなければいけない。よって、ヴィクトルは王城に複写の要請《ようせい》をしたのだろう。それも、わざわざ鳥を使って最速で。

現在レオナールは王城では「国の立て直しの一端《いったん》を担《にな》う」ということで、特別な扱《あつか》いを受けている。そのレオナールが必要としている書類ということで、早馬で届けさせたのだ。早馬と一言でいっても、馬も乗り手も疲労《ひろう》はかさむ。王命ということで、レーグラッド男爵領までの中継《ちゅうけい》地点で緊急《きんきゅう》時のために待機している者たちを使ったのだろう。早すぎる。

（うん。推測通りのものだな……フィーナ嬢《じょう》は、間違《まちが》いなく自身も馬車に同乗していたことを記述している）

フィーナが王城宛てに作成した報告書には、事故の詳細《しょうさい》も添付《てんぷ》書類として別立てになっている。それも、提出書類としては正しい形だ。その添付書類の内容は半分ほどはレオナールたちの資料に反映されていないようだった。

二度資料を読む。山道で。車輪の破損により。崖《がけ》から転落。御者《ぎょしゃ》と護衛騎士《きし》一人と男爵が死亡。男爵令息ヘンリーは重傷……。

「なるほど、護衛騎士がもう一人生き残っていたのか……」

だが、一人で崖に放《ほう》り出された馬車に乗っていたフィーナや、重傷のヘンリーを助けられるわけがない。となると、きっと生き残った騎士が救助を求めに馬を走らせたに違いない。では、その間フィーナはどうしていたのだろうか。報告されていること以上の話を求めるのは余計なこととは思うが、いくつか気になる点があってレオナールは確認が必要だと判断した。

（彼女に直接聞くには、まだ早いかもしれないな……）

先程来たばかりで申し訳ない、と思いつつ、レオナールはベルを鳴らしてカークを呼び戻《もど》した。


「ずっと、馬車の中に……？」

カークに頼《たの》んで当時生き残った護衛騎士を呼び、レオナールは詳細を尋《たず》ねることにした。

運よくその騎士は非番で宿舎にいたらしく、快く応じてくれた。

「はい。馬車のボックスは岩と岩に角がひっかかっていたので、それ以上の転落は防げていました。ですが、衝撃《しょうげき》で開いた入口が、岩肌《いわはだ》側に向いた状態で止まっていて……わたし一人でどうこうして、その場でお嬢様《じょうさま》をお助けできる状況《じょうきょう》ではありませんでした」

「それで、救援《きゅうえん》を呼びにいったのか」

「はい。しかし、もともとあまり人が通らない場所なので、一番近い居住区まで馬を飛ばしても時間がかかりまして……崖を降りる装備を整えた者を連れて戻ることは出来ましたが、馬車を動かせるような道具はそこで揃《そろ》わず……」

ひとまず、縄《なわ》をつけた領民数名でヘンリーを引き上げ、更《さら》に既《すで》に死んでいたレーグラッド男爵の遺体を回収することになったということだった。

「その間フィーナ嬢は」

「馬車の中でお待ちいただくしかなく……ひっかかっている馬車近くまで縄をつけて降りても、フィーナ様が出て来られる状態に出来ず。壊《こわ》そうと強い衝撃を与《あた》えると落下する可能性もあったので、隙間《すきま》から縄をどうにか差し込んで保険としてお嬢様に縄を括《くく》る方法も考えたのですが、命綱《いのちづな》を確実に結べる保証がなかったので……」

結果、フィーナの救出に最も時間がかかったのだという。その最中には、暗闇《くらやみ》の中一人で過ごす時間もあったらしい。

(話を聞けば聞くほど胸が痛むな)

レオナールは眉間《みけん》に皺《しわ》を寄せ、小さく溜息《ためいき》をついた。

「失礼ながら、ハルミット公爵様。この話は何かお嬢様に関《かか》わりが？」

「いや、本筋はそのことではないのだが、気になったのでついでに聞いただけだ。他意はない……その、わたしはまだこちらの地理に詳《くわ》しくないのだが、その事故が起きた場所というのは」

レオナールは、執務室《しつむ》の地図を簡単に描《か》き写しただけのものを取り出して、騎士に見せた。

「ここから、こちらに抜《ぬ》けるための山道です。その、昔、珍《めずら》しい鉱石が出たと噂《うわさ》があった場所でして」

合点《がてん》がいった、とレオナールはちいさく溜息をつく。なるほど、この一ヶ月で保留になっていた項目《こうもく》は、レーグラッド男爵《だんしゃく》が亡《な》くなった日に彼らが視察に行った場所の調査だ。

他《ほか》、数点確認《かくにん》をしたのち、レオナールは騎士に礼を言って話を終える。それから、何度も申し訳ないと思いつつもカークを再び呼び、彼でなければ答えられなそうな、ヘンリーとアデレードの現況《げんきょう》を尋ねた。

カークは優《すぐ》れた執事《しつじ》だ。ヘンリーとアデレードのことについては「離れで静養なさっています」としか答えず、噂好きの侍女のように込み入った話は決してしない。だが、レオナールとて、単なる興味本位でカークを呼んだわけではないのだ。

「立ち入ったことと思われるだろうが、今後、レーグラッド領の立て直しのため、国が動いてフィーナ嬢に婿《むこ》を手配する可能性もあるため、ご家族の現況調査は必要なのだ。彼女に直接聞くのが筋なのはわかっているが、男爵を失った経緯《いきさつ》が経緯ゆえ、どの程度ご本人に踏《ふ》み込んでよいかわたしには判断が出来なくてな」

そのレオナールの言葉に、カークは仕方がないという表情を見せた。彼のような執事が、あからさまに部外者に感情を見せることは滅多《めった》にない。ゆえに、それはカークの「言葉には出来ないが察して欲しいことがあるのだ」というアピールだ。それに気付かないレオナールではない。

「お嬢様へのお気遣《きづか》い、痛み入ります。きっとあの方は気になさらずなんでもお話しくださると思いますが……それでも、心が痛まないわけではないと思うのです」

そのカークの言葉は、レオナールの心遣いが必要なものだと肯定《こうてい》をしている。決して感情を優位にすることなく、カークは淡々《たんたん》と現状を話した。ヘンリーがどれほどの重傷であるか、そして、夫人が男爵の死を受け入れるのに時間がかかり、ヘンリーにつきっきりでまったく本邸《ほんてい》に戻らないということ、など。

「なるほど……では、本当にレーグラッド男爵の計画書だけを頼《たよ》りにこのひと月乗り切って……葬儀《そうぎ》などもフィーナ嬢がすべて手配したとのことか。そうだろうな。弟君がその状態であれば、王城への報告書は本来フィーナ嬢ではなく夫人がすべきことだ。それを彼女がしたということは……」

「どちらにしても奥様は、そういった書類などに触《ふ》れたこともないお方ですので」

「それがこの国では当たり前だしな。フィーナ嬢が特別なのだろう」

余程、気が強い。余程、負けず嫌《ぎら》い。どの言葉が正解なのかはわからなかったが、彼女が視察先でヴィクトルたちの様子をぎろりと見ていた様子を思い出せば、そういう強い意志を秘《ひ》めた女性であることは明白だ。

「これは、本来、どういうひととなりなのか未《いま》だよくわからぬ程度しか交流がない方にお話しするものではないのですが」

カークは少し声音《こわね》を変えて、おどけたように言った。

「いや、わたしも老いぼれてきまして、たまに他人事《ひとごと》のように他人事を突然《とつぜん》話しだし、困ったことだと思ってはいるのですが」

「うん」

他人事のように他人事。当たり前のことだが、それは、他人事ではないという意味だろう。

「この国で子息が生まれないということは……しかも由緒正《ゆいしょただ》しい家門ではことさら、なかなかの重圧を意味するのではないかとこのおいぼれは思うのです」

「……」

「それは、産むべき立場の方もそうでしょうし……令息として望まれていたのに、令息として生まれなかった子どもにとっても、そうなのではないかと思うことがございます。特に、聡明《そうめい》な子どもであればあるほどに」

「なるほど。これは世間話というやつだな」

「左様でございます」

決してカークは誰《だれ》の名も口にはしていない。が、それがアデレードとフィーナのことだとわからないレオナールではない。

「最後にひとつだけ教えて欲しいのだが」

「はい」

「フィーナ嬢《じょう》と夫人は、その……」

「奥様はフィーナ様のことをとても大事に育てていらっしゃいましたよ。今でも、ヘンリー様を看病しながら、フィーナ様が身に着けていらっしゃるレースの襟《えり》を編んでは、フィーナ様に届けてくださいますし、フィーナ様は奥様が好きな花を庭から持っていくように我々にお声がけくださいます」

言われて、ああ、そういえばと思う。今まで足を運んだ土地で出会った令嬢たちは、金がないながらもレオナールの気を引こうとしてか、毎日上から下まで着飾《きかざ》っていたものだが、フィーナからはそういう雰囲気《ふんいき》を感じなかった。が、高価な装飾《そうしょく》品は身に着けていないものの、精巧《せいこう》なレース襟──それも子どもっぽさのない品の良いものだ──を真珠《しんじゅ》のブローチで留めており、それが映《は》える無地のドレスを着ていることが印象的だったのだ。

「……わたしがわかったことと言えば、案外とこの屋敷《やしき》の執事は、わたしに切り込むのが早いということだな」

「申し訳ございません」

「いや。むしろ良い。どこに行っても、怖《こわ》がられることが多いので、こんなにあっさり他人事を突然話してもらえるとは思わなかった」

「この屋敷の者は、困ったことに男爵様よりもどちらかというと、フィーナ様の気質に近い者が多いようでして」

と答えたものだから、ついにレオナールは声をあげて笑った。彼が出会って数日の人間に声を出して笑う姿を見せるなんて相当なことで、これは快挙と言える。だが、残念ながらそのことをカークは誰に自慢《じまん》するわけでも、出来るわけでもなかった。

カークから話を聞いてしばらくして、レオナールはヴィクトルとマーロのところへ行こうと部屋を出た。きっと彼らは資料を見たレオナールが彼らのところに来る、あるいは夜にまた集まってその話をすると考えているに違《ちが》いない。

「あっ、レオナール様」

「フィーナ嬢」

廊下《ろうか》で偶然《ぐうぜん》出会ったフィーナは、手に花束を持っていた。そういえば、と彼女の襟元を見ると、今日もまた品の良いレース襟をつけている。白ではなく金糸が交じっているようで、それは彼女の髪《かみ》色にも、無地だが仕立てが良い茶色いドレスにも似合っていると思えた。

「庭園の花でも摘《つ》んできたのか」

「ええ。これは母が好きな花なんです。離《はな》れの母に持っていこうと思いまして……」

そう告げたフィーナは笑っていたが、なんだか元気がなさそうにレオナールには見える。

「丁度良かった。突然不躾《ぶしつけ》で申し訳ないのだが、わたしも同行させていただくことは出来ないだろうか」

「えっ」

「当主代理人はあなただが、亡き男爵の奥方であればお目通りをして弔辞《ちょうじ》を一言申し上げるべき立場だ。とはいえ、それを夫人が良く思わないのであれば、せめて、こちらでしばらく世話になる旨《むね》を直接伝えさせていただきたいのだ」

フィーナは戸惑《とまど》いの表情を見せる。が、実にレオナールの主張は正当だったし、むしろ、夫人も次期当主もいるが会わせられない、と隠《かく》すように拒《こば》んでいたレーグラッド家側がおかしいのだ。それに、領地の立て直しに来た者相手にアデレードが挨拶《あいさつ》をしないことは本来礼を欠いている。それぐらいはみなわかっていた。わかっていて、何も言わないレオナールに甘えていた部分だ。

「そう、ですね。本来こちらからご案内すべきことでしたのに、申し訳ございません。ただ、母は心の具合があまりよくないので、レオナール様が面会をご所望《しょもう》なさっている旨を先に伝えてもよろしいでしょうか」

「ああ、問題ない。それで、どうしても会いたくないということになれば、それは諦《あきら》める」

フィーナは使用人を呼んで、離れに先ぶれを頼《たの》んだ。

二人はフィーナの部屋で返事を待つことにした。今まで執務《しつむ》室や食事の間、外出はともにしていたものの、彼女の部屋に入るのが初めてだったレオナールはいくらか落ち着かない。だが、彼女の部屋は非常に簡素で、煌《きら》びやかなものは特にない。部屋に入る前に「少しだけお待ちを」と言って、彼女はごそごそ何かを片づけていたようだが、それだってそう時間はかからなかった。

「貴族の令嬢のことをわたしはよく知らないのだが……男爵《だんしゃく》がお亡《な》くなりになる前、フィーナ嬢が切り盛りしなくても良かった頃《ころ》、普段《ふだん》何をなさっていた、いや、普段貴族令嬢は何をしているのが普通《ふつう》なのだろうか……？」

それは彼の常日頃からの疑問だった。この国は女性に教育を多く受けさせない方針だが、では、女性たちは普段何をしているのだろうか。毎日歌って踊《おど》って甘いものを食べて噂《うわさ》話《ばなし》をして過ごしているわけではないだろう。淑女《しゅくじょ》教育とやらは朝から晩まで拘束《こうそく》されることはなさそうだし、ある程度の年齢《ねんれい》までには終わると聞いている。

「ええっ、わたしですか。わたし。そうですね。何をしていたんでしょうか……？」

もちろん、フィーナは大ピンチだ。だって、ここ二年は領地運営のことばかりを朝から晩まで考えていたし、この部屋どころかこの屋敷にいないことの方が多かったぐらいだ。では、その前。戦争の最中はどうだっただろうか、その前はどうだっただろうか。

「あっ、あのですね。わたし」

「うん」

「戦争前に、王城方面のとある伯爵家《はくしやく》のお茶会に参加したことがありまして……当時はまだ十三歳だったのですが……同じ年頃のご令嬢が集まるということで……」

突然話が飛んだな、とレオナールは思うが、とりあえず聞いてみる。

「こんなわたしでも、淑女教育というものは田舎《いなか》ですがそれなりに受けていましたので、父も母も問題がないだろうと言ってくれていたのですが……」

「うん」

「みなさまのお話についていけなくてですね……あの、流行《はや》りの勉強はしていったんです。どういうドレスやどういう髪型《かみがた》やお化粧《けしよう》が流行っているのか、とか……。それから、当時流行っていた、なんでしたっけ。ああ、マダム・イークリッシュのパイ！　あれも、父に頼んで、お茶会に行く前日に一度は本物を食べられるように手配をしていただいて……ところが、いざお茶会に行ったら、みなさまそんなことよりもっとご興味があることがあって」

「ほう」

「凄《すご》いんです……みなさま、どこの家門にどんな素敵《すてき》なご令息がいらっしゃるとかご存じで。わたし、この国の貴族一覧は存じ上げていますし、それぞれの領地がどういった特色があるのかはわかっているものの、ご令息までは……そもそも、参加なさるご令嬢たちの名前を覚えるだけで精一杯《せいいっぱい》でしたのに、みなさまそういった情報にも精通していらして……おかげでわたし、一人もお友だちを作れないまま帰ってきました……！　はっ、もしかしてわたしが行き遅《おく》れた理由のひとつは、お友だちがいないことでは……!?」

　フィーナは本気でそう思っているようで、悔《くや》しそうな表情を見せる。カークといいフィーナといい、この邸宅《ていたく》の人間は自分を笑い殺そうとしているのか？　と思いながらレオナールはつい本日二度目、声をあげて笑ってしまう。

「待て。待ってくれ、フィーナ嬢。どこからどう突《つ》っ込んでいいのか……」

　しかし、フィーナの表情は真剣《しんけん》だ。

「話が逸《そ》れていると思われてますわよね？　でも、逸れていませんの。要するに、わたしも、貴族令嬢が普段何をしているのかをよくわかっていないんです。わかっていたら、あんな苦汁《くじゅう》を嘗《な》めなくても済んだはずですもの。ですから、レオナール様の質問にお答えすることが出来ません……！」

　そこじゃない。聞きたかったことはそこじゃない。自分の質問の仕方が悪かったことは認めるが、とレオナールは反省をした。

（それもそうか。この僻地《へきち》にいる彼女が中央付近での茶会に行くとなれば、それだけで大変なことだ。なのに、そこで彼女としては何の成果もあげることがなかったのだろう）

　まだ幼かった彼女のことを思うと、なんだかおかしくなって再び笑いそうになるが、レオナールはそこは堪《こら》えた。喉《のど》の奥にせりあがってきた笑い声を押し戻《もど》した頃、侍女《じじょ》が「奥様より伝言が」と、やって来たのだった。


「お母様。フィーナです」

ヘンリーは眠《ねむ》っているということで、離れでアデレードが使っている部屋を二人は訪《おとず》れた。レーグラッド男爵夫人であるアデレードは、柔《やわ》らかいオレンジ色のドレスを身に纏《まと》っていた。それもまた、フィーナのもののようにやはり形が少し古臭《ふるくさ》い。が、こうやって母娘《おやこ》で並ぶと、むしろ昔ながらのドレスを着ている様子がなんとも品が良いとレオナールは思う。

(なるほど、ならば、流行りのドレスは確かに「勉強」しなければわからないのだろうな)

先程《さきほど》のフィーナの話を思い出し、他人事《ひとごと》なのに「その時はどんなドレスを着て行ったのだろうか」と、普段の彼ならばこれっぽっちも興味を抱《いだ》かないようなことをちらりと考えた。

「フィーナ、来てくれてありがとう。まあ、もうこの花が咲《さ》く頃だったのね」

「そうよ。どんどんお庭で蕾《つぼみ》が開いているところなの。ね、こちらの離れ側のお庭にも植え直したから、気が向いたら見てみて」

「そうなの？　わかったわ」

「それから、これ、この前いただいたレース襟《えり》を付けてきたの。似合うかしら」

「ええ、とっても。やっぱりあなたの髪《かみ》に合わせて金糸を入れるのは良いわね」

本邸《ほんてい》と離れとはいえ、同じ敷地《しきち》内にいる娘《むすめ》が来たのに、それらの会話はなんだか不思議だとレオナールは思う。今、アデレードの脳内では、離れと本邸は「行き来がなかなか出来ない場所」と勝手に決められているのかもしれない。それは事実ではないが、きっとそういうことにしたいのだ、とレオナールは悟《さと》った。

フィーナは、レース襟に手を伸《の》ばして触《ふ》れるアデレードを見て、かすかに眉《まゆ》をひそめる。レオナールはそれを見逃《みのが》さなかった。

「レオナール様。こちらがわたしの母です」

フィーナの言葉を受けて、一歩前に出るレオナール。

「失礼いたします。ご挨拶《あいさつ》が遅れて申し訳ございません。レオナール・ティッセル・ハルミットと申します」

「アデレード・シャーテ・レーグラッドでございます。ハルミット公爵《こうしゃく》家のご長男でいらっしゃる？」

「はい。父は戦争後爵位を降りまして、現在わたしが爵位を継《つ》いでいます。ああ、これはこちらが礼を欠きました。第八代ハルミット公爵、レオナール・ティッセル・ハルミットと名乗り申し上げるべきでしたね」

「まあ。そうだったんですの。こちらこそ、存じ上げずに申し訳ございません」

それを知らないことぐらいは想定内だ。そもそもレーグラッド領ぐらいになれば、中央に近い者たちの動向はそこまで神経質になることはないし、それが女性であれば尚《なお》のことだ。が、ハルミット公爵家の名を知らない貴族はこの国にはいないため、さすがにアデレードも理解をしている様子だ。

「わたし、花瓶《かびん》に花を活《い》けて来ますね。すぐ戻ります」

フィーナはそう言って部屋を出た。

残されたレオナールは自分が部下二人を伴《ともな》って立て直しに来たこと、現在本邸で寝泊《ねと》まりしていること、既《すで》に視察を開始していることなどを説明した。そして、三ヶ月ほどそれが続くので、そのうちヘンリーが体を動かせるようになったら、改めて挨拶をしたいという旨《むね》をアデレードに伝えた。

そして、アデレードは現在のヘンリーの容体を彼に説明して、体を動かせるようになる見込みの時期、医師の見立てについて話してから、もう少し離《はな》れに滞在《たいざい》し続けるとはっきりと言った。

「夫が亡くなって、今は誰《だれ》もこの領地を背負う者がおりません。ですから、公爵様に来ていただいて、心より感謝しております」

「こちらこそ、ご挨拶が遅れた不躾《ぶしつけ》な者に寛大《かんだい》なご対応をいただき、痛み入ります」

「おもてなしのようなものは、きっと難しいと思うのですが……フィーナが未熟ながらも、みなさまの対応をしていると思います。わたしよりは役立つと思いますので……」

「フィーナ嬢《じょう》は、よくやっていらっしゃいます」

「まあ。ありがとうございます」

アデレードは微笑《ほほえ》んだ。だが、その笑みは、レオナールの言葉を社交辞令だと受け取ったものだと、レオナールはわかっている。それも仕方がないことだ。たとえどんなにアデレードがフィーナを愛しているとしても、大事にしているとしても、彼女はフィーナが今何をしているのかも、何を出来るのかも理解していないのだ。彼女がわかっているのは「自分よりもフィーナが役立つ」ということだけだ。

だが、それは逆を言えば、自分がいても役立たないので迷惑《めいわく》をかけないように、フィーナが動きやすいように――たとえフィーナが当主代理人だとしても男爵《だんしやく》夫人という立場の彼女がいれば何かと指揮系統はブレるかもしれないし――慮《おもんぱか》っている可能性もある。アデレードの本音はわからなかったが、それでも、どうしても譲《ゆず》れないことがレオナールにはあった。

「フィーナ嬢は、よくやっていらっしゃいますよ。本当に」

もう一度レオナールが言えば、アデレードは僅《わず》かに目を見開いた。それから、微笑んで「そうですか」と返した。

少しだけ、心許《こころもと》ない気持ちでレオナールを残して部屋を出たフィーナ。花瓶に花を活けるのは口実だ。なんとなく、レオナールの前でアデレードとの会話をあれ以上したくなかったのだ。

だが、それすらそう時間を稼《かせ》げない。仕方がない、と部屋に戻ろうとした時だった。

「夫が亡《な》くなって、今は誰もこの領地を背負う者がおりません。ですから、公爵様に来ていただいて、心より感謝しております」

アデレードのその言葉が耳に入った。そこで、足を止めるフィーナ。

彼女の言葉は間違《まちが》っていない。すべてが正しいと思う。だが、その反面、自分では力足らずとわかっているが、それでも少しでも領地のことを背負おうと力を尽《つ》くして来たのに「背負う者がいない」と断言してしまうのか、と心がちりりと痛んだ。

勿論《もちろん》、それはフィーナの思い込みだ。アデレードもまた、フィーナが領地経営に首を突《つ》っ込んでいることをあまり外部に知られてはいけないことをよくわかっている。だから、それを通そうとすれば、そういう言い方になるのだろう。それはわかっている。他意があろうとなかろうと、アデレードの言葉は何ひとつ問題がない、むしろ正しい対応だ。

だが、それに対するレオナールの言葉に、フィーナの心は打たれた。

「フィーナ嬢は、よくやっていらっしゃいますよ。本当に」

どうして二度言ったのかはわからなかったが、フィーナは花瓶を持ったまま扉《とびら》の外で立ち尽くす。

（そんなことはないです……全然わたし、足りなくて。何の役にも立たなくて）

ドッドッドッ、と鼓動《こどう》が高鳴る。彼のそれは、上司が部下の評価をしているのに少しだけ似ている。少なくともフィーナは心の中では勝手に、自分が彼の架空《かくう》の部下や弟子《でし》のような気持ちでいた。そして、彼との接点も未《いま》だ仕事のことばかりで、それ以上の関係はないと言っても過言ではないと思っていた。

だが、人は誰かに評価をされているとわかると、こんなにも嬉《うれ》しいものなのだ。そんな当たり前のことを、今初めて気付いたのだ。

（わたし、誰かに褒《ほ》めて欲しかったんだわ……）

それは甘えかもしれない。だが、その甘えに応《こた》えてくれる人がいたから、自分はこの二年間頑張《がんば》れていたのだとフィーナは理解をした。

今だって使用人たちはみな「お嬢様は頑張っていらっしゃいます」と言ってくれるけれど、それは「忙《いそが》しそうにしているから」であって、彼女が行っている領地運営について理解をした上で言ってくれる人は今はいない。

そうだ。今まで、きっと自分は父であるレーグラッド男爵に褒めてもらえて、それがまた次の力になっていたのだ。失って初めてわかるというが、失ってもそれに気付いていなかった。それを、気付かせてくれたのはレオナールだ。

(浮《う》かれちゃ駄目《だめ》。社交辞令よ。社交辞令に決まっているの。だって、わたし、何もかも足りない……)

そう自分に言い聞かせても、心は素直《すなお》に彼の言葉で救われた。

『フィーナ嬢は、よくやっていらっしゃいますよ。本当に』

なんて人なんだろう。彼のことはよくわからないし、彼も自分のことを知っているわけでもないのに、そんな一言で自分を救ってくれるなんて。

(ああ、泣きそうだ……泣きそうだけど、耐《た》えなくちゃ)

フィーナは息を整えた。目頭《めがしら》が一瞬《いっしゅん》熱くなったが、なんとか涙《なみだ》を抑《おさ》えて扉を開けた。

「お待たせしました。お母様、こちらにお花置きますね」

「ありがとう。まあ、本当に綺麗《きれい》ね……」

「お母様が一番お好きな白い花はまだ蕾《つぼみ》ですけど、蕾で活《い》けるとここから咲《さ》く楽しみがありますよね」

「ええ、そうね。ありがとう」

花瓶を置いてから、そっとフィーナはレオナールの斜《なな》め後ろに近づいた。

「フィーナ嬢、夫人との話は終わっている」

「そうですか。では、お母様、わたしたちは本邸《ほんてい》に戻《もど》ります。そのうちまた……次はヘンリーが起きている時に顔を見に参りますね」

「ええ、そうね。最近起きていられる時間が増えたのよ。あの子もあなたに会いたがっていたわ」

互《たが》いにそう話しつつも、ではそれがいつなのかと約束をするわけでもない。曖昧《あいまい》な、どこか一線引いた会話を終えて、フィーナはレオナールと共に離れを後にした。


「レオナール様、お付き合いありがとうございます」

「うん？　わたしは挨拶《あいさつ》に行っただけで、あなたに付き合ったわけではないぞ」

「はい。でも、レオナール様にいていただけて、助かったので」

「そうか」

どうしてなのかをレオナールは聞かない。が、きっとフィーナとアデレードの間に流れる不思議な空気を、彼ほどの人物ならば感じ取っていたに違《ちが》いないとフィーナは思う。

「さっき、貴族の令嬢《れいじょう》が何をしているのか、わたしはよくわからないってお話ししましたよね」

「うん」

「それには母も含《ふく》まれていまして……母は本当に昔ながらの貴族令嬢で、きっと、わたしと毎日お茶をしながら、ふんわりとした穏《おだ》やかな話をしたり、わたしにレース編みを教えたり、一緒《いっしょ》に刺繍《ししゅう》をしたり……多分、そんなことをしたかったのだと思います」

「ああ……なるほど」

「でも、その、わたしはそういうことがあまり得意ではなくて……淑女教育《しゅくじょ》を受けていた時はよく母に教えてもらっていましたけど、戦争が終わってからというもの、父にくっついて外出をすることも多くなってしまいましたし、えっと、父の、その、資料を整理したり……」

　ここまで話して、フィーナは「しまった、これはうまく誤魔化《ごまか》せないやつだ」と自分の軽率《けいそつ》さを呪《のろ》った。つい、本音で話をしそうになってしまったが、自分が領地経営で奔走《ほんそう》していたことをはっきりとレオナールに言うことは出来なかった、と今更《いまさら》気付く。だが、それに対してはレオナールがフォローをしてくれた。

「フィーナ嬢が、レーグラッド男爵が書くべき日々の報告書を代筆していたことは、ここ最近の報告書とそれ以前のものを少しめくればわかることだ。可能な範囲《はんい》で、父上の負担を減らそうとあなたは尽力《じんりょく》していたのだろう」

「んぐ……」

妙《みょう》な声がフィーナの喉奥《のどおく》から僅かに出る。しまった、そこも考えていなかった。あの事故以降、日々の領地運営の報告書は当然フィーナが書かなければいけなかったし、それ以前も彼女が書いている日は存外あった。レオナールたちは報告書を遡《さかのぼ》ると言っていたし、そうすれば筆跡《ひっせき》で実はフィーナがよく書いていたことがバレるのも当然のことだった。

「そう、なのです。ですから、母としてはきっと寂《さび》しかったと思いますし、父の仕事ぶりを近くで見ていると、つい、そのう……母とゆっくり過ごすことに焦《あせ》りを感じて……」

「うん。それは当然だろうな」

「でも、そんなわたしのことを、一度も母は責めなかったんです」

だからといって「お父様の力になってあげて」とは、この国の古き良き「淑女」の立場では自分の娘《むすめ》に言うことは出来ない。レオナールは「ふむ」と妙な相《あい》づちを打った。

「だから、今ちょっとですね……なんとなく、ぎくしゃくしているんですけど……本当は母も、何かをしたいと思っていて……でも、自分には何も出来ないと思っているし、実際あまり母には出来ることがないので、邪魔《じゃま》にならないようにと思ってくれてるのかなぁって」

それに、きっと少し恨《うら》み言もあるだろうし……と、ラミーにはつい口にしてしまった愚痴《ぐち》はレオナールに言うわけにはいかないので、フィーナはそこで話を終えた。

「そうか。わたしには、この国の女性の気持ちはよくわからないし……いや、女性全般《ぜんぱん》の気持ちがよくわからないが、あなたと夫人が互いに、別段忌《い》み嫌《きら》っているわけではないことはわかる。少し話しただけだが、夫人はあれはあれで聡明《そうめい》さをお持ちのようだし、今はあなたと距離《きょり》を置くほうがいいと思っているのだろう。そして、その方があなたも楽なようだ」

「お恥《は》ずかしい話ですが……」

「恥ずかしくない。わたしなぞ、父にハルミット領を任せて出歩いているが、出来るなら父とも母ともあまり話をしたくない」

「え？」

歩きながらの会話で互いに目線を合わせていなかったが、驚《おどろ》きでフィーナはレオナールの顔を見上げる。ちらりと視線を合わせて、苦笑いを見せるレオナール。

「嫌っているわけではない。尊敬はしているし、両親は両親でわたしを大事にしてくれていることはわかる。とはいえ、神童だと言われて、七歳から十歳は王城付近の子息が十二歳になると通う宿舎つきの教育所に投げ込まれ、次は十六になる前か……領地から離《はな》れて三年、ジャケート侯爵《こうしゃく》のもとで領地運営の手伝いを行い、戦争が始まる二年前に留学をしてから戦争は三年、戻ってからほぼ領地にいない状態で二年半、要するに、これまでの人生の半分もわたしは家族と関《かか》わりがないので、共にいても互いに扱《あつか》いに困るのだ」

レオナールに関する情報があまりなかったフィーナは、彼のその経歴に、ぽかんと口を開けて足を止めてしまう。

「？　どうした？」

「は、はあ……それは、えっと、そのう……」

「？」

「頭の出来が違うだけじゃなく、人生においてそこまで学びの時間を得ているなら、それはそうかって」

「なんだ？　それはそうか、というのは」

「レオナール様は、わたしからすれば百年生きているほどの知識や経験をお持ちのように見えるので、経歴をお伺《うかが》いして納得《なっとく》いたしました」

「うん？」

フィーナの顔も声音《こわね》も大真面目《おおまじめ》だったので、レオナールはたまらず口を引き結んで僅《わず》かに首を横に傾《かし》げた。

「百年とは大袈裟《おおげさ》な……そもそも、令嬢とわたしは七歳も離れているのだし」

「慰《なぐさ》めですか⁉」

「慰め⁉」

何故《なぜ》そこでそんな言葉が出るのかわからずに、レオナールは反射的にフィーナと同じ音量で声を荒《あら》らげた。

「あんまり頭が良くないわたしのことを、慰めて下さっているのかと」

「頭が良くない？　あなたは何を言っているんだ？」

フィーナは少し頰《ほお》を赤くして、もごもごと何かを言うが、それはレオナールには聞き取れない。

「よくわからないが……あなたは、よくやっているだろう。このひと月、あなたなりに計画書通りに出来る範囲のことをしていることも知っている」

「！」

そのレオナールの言葉に、フィーナはどきりとした。

（なんてことかしら。またそんなことを言っていただけるなんて！　それに……）

それに。直接言われるのはまた威力《いりょく》が違う。やはり自分に向けてはっきりと言われると、何気ない彼からの評価の言葉が五臓六腑《ごぞうろっぷ》に染《し》みわたるようだ……なんて、ろくでもないことを思いながら、フィーナの心は打ち震《ふる》えた。

「ああ、だが、ひとつ、ダメ出しをしようと思っていたことがあるのだ。明日《あした》、それについて話したいので朝食後時間をとれるだろうか」

「アッ……はい……」

以前ならば「どれでしょうか！　立て直し公にチェックをしていただけるなんて光栄です！」と奮い立ったところだったが、今は「もう少しこの感動だけを味わいたかったのに」とフィーナは少しがっかりした。

（本当ね。レオナール様ったら女心をおわかりじゃないわ！）

それは女心ではないですよ、お嬢様《じょうさま》……そんなカークの声が脳内で聞こえた気がした。


宣言通り、翌日の朝食後に執務室《しつむ》でフィーナはレオナールの話を聞いていた。ヴィクトルとマーロは、その後にこの二日間にチェックした内容について話すと言って、何故か同席はしていない。

「計画書でこのひと月保留になっている鉱山の調査は、事故があった道を通るから行きたくないのだろうか」

「うう……」

ついにその話が来た、とフィーナは朝からレオナールの直球を受けて「朝ご飯を吐《は》きそうです……」と腹部を軽く押さえた。朝からするにはその話はヘビーすぎませんか、と言いたかったが、今日まで言われなかっただけでも感謝すべきことなのだ。

「その通りです。すみません……で、でも、それが一番の理由ではなく、鉱山調査の専門家を手配出来る財力が今はないかなっていう」

「従兄殿《いとこどの》のおかげで援助《えんじょ》を受けられることが決まったのだろう？　だから、男爵《だんしゃく》と共に視察に行ったのだとお見受けしたが」

「お察しの通りです」

返す言葉がひとつもない。朝から叩《たた》きのめされるなぁ～とフィーナの目は焦点《しょうてん》が合わなくなる。

「実は父が頼《たの》もうとしていた専門家の方については、わたしも聞いていなくて」

「ああ、そういうことか」

「戻《もど》ったら手配をすると父は言っていたのですが、どこの誰《だれ》とは」

「不思議なことだな。前もって用意されていた計画書に、調査依頼《いらい》先が書いていないのはらしくないな」

朝から厳しい。だが、レオナールの突《つ》っ込みも当然だ。何故なら、その領地計画書のほとんどはレーグラッド男爵が亡《な》くなる前に書かれたものだが、鉱山についての項目《こうもく》は「視察から戻ったら書こう」と言っていたからだ。要するに、そこは「前もって男爵が用意していた」ことではなく、ほぼフィーナが後付けで書いた部分なのだ。正直、あんなことがあったので気乗りはしなかった。が、領地のことを長い目で考えれば、どうしても削除《さくじょ》することが出来なかった。だから、仕方なく書いた。

しかし、レオナールの目から見れば、これこそ先にやっておいた方が良い内容だと思えたようだ。

「レオナール様は、これが重要な項目だと思われるのですね？」

「そうだな。調査の初期投資はやや重たいが、楽観的に考えて良い鉱石が出るとしたら、後で発見して『もっと早く確認《かくにん》すればよかった』と思うよりは、先に潰《つぶ》しておいた方がいい。結果として『やっぱり駄目《だめ》だった』という可能性があることに金を使う余力がある時期はこの先も限られるだろうし、きっと後になればなるほど悩《なや》みに悩んだ末にやらなくなる。そういう類《たぐい》のものだ」

「おっしゃる通りですね……」

「あなたが行かなくてもよいのだし、専門家の手配が済めばこちらで進めてよいだろうか」

「いいえ。初回ぐらいは同行して、鉱山内のご説明はさせていただきます。ずっと放置されていた鉱山なので、ここ最近の状態を把握《はあく》しているのは視察に行ったわたしだけだと思うんです。その後は、お任せしたいと思いますが」

悩んだ末に、おずおずとフィーナは尋《たず》ねる。

「と言いますか、それは、進める余力があるということなのですね？」

「うん。そのあたり、ヴィクトルとマーロがチェックしていた内容を話させよう。先に、あなたが鉱山についてどう考えているのかと……事故に絡《から》んだことで、思うことがあるのかを確認しておきたかったのだ」

「そろそろ事故があったところに、自分の手でお花を持っていきたかったんです。巻き込まれた護衛騎士《きし》と御者《ぎょしゃ》の遺体は引き上げが出来なかったので」

「そうか。では、専門家を手配して、彼らが来られる日程に合わせて鉱山へ行こう」

「はい」

話を聞くまでは心に重苦しいものがのしかかっていたが、いざ、レオナールの口からあれこれと話を進められれば、フィーナの心はふわりと少し軽くなった。

（レオナール様は、ただお仕事をなさっているだけかもしれないけれど）

それがどれだけ自分を楽にしてくれているのかと思う。仕事のことではない。心のことだ。仕事が楽になったから心が楽になっているのは確かだが、それに止《とど》まらない。

（もしかして、ヴィクトル様やマーロ様がいては、わたしが話しにくいのではと思ってくださったのかしら）

それはそれで嬉《うれ》しい気遣《きづか》いでありつつも、少しだけ恥《は》ずかしいとフィーナは思う。が、そんな彼女の気持ちなぞまったく気付いていないレオナールは、あっさりと話は終わったとばかりにヴィクトルとマーロを執務室に呼んだのだった。

ヴィクトルとマーロの説明を聞き、レーグラッド男爵家の財政はやっぱり何をどうしても苦しいことがわかった。いや、そんなことは最初からわかっていたことなのだが、第三者から改めて指摘《してき》をされるのは具合が悪いものだ。

「そこで、鉱山の調査依頼は、王城に出す」

「王城に……？」

「そうだ。王城おかかえの部隊が動けば、それは王城からの賃金で動くのでな」

「で、でも、王城に依頼を出来るほど、有用性がまだわからないので……」

「大丈夫《だいじょうぶ》だ。わたしは派遣《はけん》先に関して、王城よりいくらか予算を割《さ》いてもらっており、わたしの権限でそれを振《ふ》り分けられる。ここは色々と問題があるのでまだそれをどこに使うのかをはっきりさせるには早いが、これに関してはその予算を割いていいと判断した」

「あ、ありがとうございます……！」

「礼は、陛下に出すがいい」

「そんなラッキー予算があるなんて存じ上げませんでした……」

ラッキー予算、という造語がおかしかったのか、ヴィクトルが「わはは」と声をあげて笑う。随分《ずいぶん》彼はフィーナの前で砕《くだ》けるようになった様子だ。

「大体は最初にざっくり問題を洗い出して、どこに金を使うのか先に仕分けるんですけどね。レーグラッド男爵領はちょっと、面白《おもしろ》くてそれがうまく出来なくて」

そのヴィクトルの言葉にフィーナは首を傾《かし》げる。

「ちょっと面白い……？」

「大体、ないんですよ、こんなに改革出来そうな要素がある領地。田舎《いなか》だとフィーナ様はおっしゃいますが、資源が豊富ってことでしょう。山があって木があって鉱山まであって川があって平地があって、これから開墾《かいこん》できる土地まで揃《そろ》っている。どれもこれもちょっと初期投資と働き手の問題が大きいため、手をつけられなかったのはわかりますけどね」

「ものはあるんですが、どれも何にも足りてないんですもの」

「そう。そうなんですよ。だから、どこに金を使っていいのか、我々もちょっと決めあぐねていてですね。でも、鉱山の件は先にやっちゃった方がいいな、ということになりました。その代わりですね、作物選定のための調査員を手配するつもりなんですけど、そっちは王城の予算ではなく、レーグラッド男爵領の予算から出させてもらいますね」

「ええ、勿論《もちろん》です。もともと、自分たちのお金ですべて進めるつもりでしたし……作物選定の調査員……？」

「はい。そういう専門家もいるんでね」

「では、えっと、その手配をしていただいて、お招きする方々が寝泊《ねと》まり出来るように、客間をご用意すればよろしいでしょうか？」

　ヴィクトルとフィーナの会話に、レオナールが割って入る。

「いや、そこなんだが……」

　彼らの説明では、手配をした調査員たちについては、可能であれば領内の「宿屋」を使ってもらうことにしているのだという。そうすれば外部から来た者たちが金を適切に落とすことが出来る。特に、王城から来る者たちは一日ごとの日給を前もって予定の半額を出されるし、そこには食費も含《ふく》まれている。

「作物選定の部隊は、王城からの金ではなくこちらの財布から出してもらうが、前もって食費の上限を王城からの派遣部隊の食費と同じ設定で伝えておいて、ツケで食べてもらって後ほど請求《せいきゅう》を受けるという形が良いと思う。が、ここには宿というものはあるのかな」

レオナールが尋ねると、食い気味にフィーナは頷《うなず》いた。

「あ、あります。街道沿いに宿屋があって……なんだかんだ、木材の運び出しや商人が行き来するのに使いますから、戦争中は賑《にぎ》わっていました。最近は随分すたれていると思いますが、みなさん兼業《けんぎょう》をしているだけなので、お客様がいらっしゃるならそちらに力を入れると思います」

「うん。そのあたりの手配は、あなたに任せてもよいだろうか。増減はあると思うが、多分鉱山には三、四人、作物選定は三人。それぞれ馬車で来て五日ほどは滞在《たいざい》していると思う。この話し合いが終わり次第、ヴィクトルが王城に鳥を飛ばすので、明日《あした》にはあちらを出発するだろう」

「ありがとうございます！」

と、フィーナが満面の笑《え》みで礼を言ったその時、遠くで「きゃああああああ！」という女性の甲高《かんだか》い声が聞こえた。なにごとか、とまずマーロが部屋を飛び出した。

「ローラの声だわ」

「侍女《じじょ》か」

「はい」

平和なレーグラッド男爵邸《だんしゃくてい》に一体何が起きたのか、と三人もマーロの後に続いて部屋を出た。

「人騒《ひとさわ》がせすぎるでしょう！」

四人が到着《とうちゃく》したのは、先日ヴィクトルたちが荷を運んだ倉庫の横にある小さな倉庫だった。使用人が何人か既《すで》に集まっており、侍女のローラがラミーに怒《おこ》られている。

「だって……！　足、足元、足に触《さわ》ったから……！」

遅《おく》れてやってきたフィーナたちに、マーロが冷静に「何か小動物が出たそうです」と伝えると、フィーナはハッとなって輪の中に飛び込む。

「もしかして、実を食べられてしまったの？」

それへは、ラミーが肩《かた》を竦《すく》めて答えた。

「はい。結構やられてしまいましたね……」

「リスか何かかしら？」

小さな倉庫は木造だ。使用人たちが周囲を一通り確認《かくにん》して戻《もど》ってきた。

「お嬢様《じょうさま》、今確認したらこの前まで開いてなかった穴がいくつかあります。木材が割れたようですね」

「ええっ、本当？　ひとまず、板を打ち付けてくれる？」

「はい」

男性の使用人が板や工具を持って、何カ所か修復をする。本当は別の倉庫にも入れたいのだが、そちらは粉や干し肉が多くて……とフィーナとラミーは話し合っている。

「みなさま、お騒がせいたしました。倉庫に保管していたものが小動物に食べられてしまい、倉庫を開けた侍女の足元をかすめて逃《に》げたので叫《さけ》んでしまったらしく」

フィーナはそう言いながら笑い、ローラは「申し訳ありません」と平謝りをする。平和なレーグラッド男爵邸に相応《ふさわ》しい平和な騒動《そうどう》だ、とレオナールたちも苦笑いを見せた。

「フィーナ様、ちなみに実って何の実ですか？」

そのヴィクトルの質問に、フィーナは「ご存じないかもしれませんが」と前置きをして答える。

「セダの実です」

「セダ……？」

三人は顔を見合わせた。確かに聞いたことがない、と互《たが》いに首をひねる。

「感謝祭に焼く菓子《かし》の上に載《の》せる木の実です」

「見ても？」

「はい」

興味本位でひょいと倉庫の中を覗《のぞ》き、ヴィクトルは声をあげた。

「うわ、木の実が大量にある！　これ、なんでもう剝《む》いてあるんですか」

「食べられる状態にするのに色々工程があるので、感謝祭に配る前にこの状態にしないといけないんです。あく抜《ぬ》きっていうやつですね」

話を聞けば、もともとはよく知られている製菓《せいか》に使われる木の実を配布していたが、どうにもそれが高価で難しくなったとのことだ。仕方なく、レーグラッド領で採れる、そのままでは食べられない上にあく抜きが必要で手間暇《てまひま》がかかる、更には「そこまでしても特に美味《おい》しいわけではない」ぐらいの木の実を、飾《かざ》り程度にと配ることにしたのだという。

「そんなに美味しくないのに、動物は食べちゃうのねぇ」

困ったものだ、とフィーナが溜息《ためいき》をつく。

「そりゃそうですよね。あく抜き前に虫が入ってるぐらいですから、自然のものたちは我々ほど好き嫌《きら》いがないんですよ」

とは、ラランミーだ。

「セダの実って聞いたことないなぁ〜……一口もらえませんか？」

ヴィクトルの興味本位は加速する。そんなに美味しくないですよ、ともう一度フィーナは念押しをしてから「どうぞ」と倉庫に招き入れて、山盛りになっている木の実を指さした。ついでに、とレオナールとマーロも後に続く。

「ううーん、確かに微妙《びみょう》……」

唸《うな》るヴィクトル。

「リスになったと思えばまずくはないが……そう、美味《うま》くもないな」

と、はっきりと言うレオナール。

「うん？　これ……」

「マーロ？」

「フィーナ様、これの、皮を剝く前のものってありますか……？」

「今はないけど、食べられた分採ってこないといけないから……明日、『4』の地域の視察のついでに林に寄れると思いますけど……」

フィーナは指で日数を数えながら、ラミーに声をかける。

「ねぇ、明日採ってきたら、間に合うかしら？」

「ギリギリですねぇ。干して乾《かわ》かすのに一週間ですからね」

そんなにあく抜きに時間がかかるのか、とレオナールが聞けば、水に浸《ひた》して虫を出すこと二晩、それから一週間干して、三回煮《に》て皮を剝くのだと言う。

「三回煮ちゃうと完全に木の実の風味が飛んじゃうんですよね……でも、二回だと子どもが嫌《いや》がる苦みが残るので、飾り程度だし三回煮ています」

「面倒《めんどう》だな」

「そうなんですよ。面倒なわりに特に美味しくないので、単なる非常食みたいなものなんですけど……マーロ様？」

「うーん、これ、わたしが知っている実のような気がするんですけど……殻《から》を見ないとちょっとわからないですね……」

少なくともシャーロ王国の他《ほか》の場所では、食べたこともないし名前も初耳だとヴィクトルは言う。国外の生活も経験しているレオナールも「自分も知らないが」と言うものの、他国出身のマーロは首を傾《かし》げ、それ以上は何も言わなかった。

「これがセダの木です」

翌日の視察途中《とちゅう》で、約束通りセダの林に彼らは寄った。あからさまに周辺の土地も何も手入れがされていない、草木が生え放題で雑然としている場所。そこに、大量のセダが群生している。

「失礼」

マーロは木に生《な》っている実を見て、それから足元に落ちている実を拾って軽く石で叩《たた》いた。すると、表皮が裂《さ》けて内側の実が出て来る。

「これ、もしかしたら、他国ではヌザンの実って呼ばれているやつじゃないですかね……」

「ぬざん……？」

首をかしげるヴィクトルとフィーナ。レオナールは怪訝《けげん》そうな表情を見せる。

「冗談《じょうだん》を言っているのか？　ヌザンならわたしも知っているぞ」

「冗談で言えるような内容じゃないってわかってるから、そう聞いていらっしゃるんですよね？　わたしも、冗談で言えるような内容じゃないので、物を見るまでは何も言えなかったんですが……」

「食べさせてもらったが、味がまったく違《ちが》うだろう」

「多分、あく抜きの方法が違うんだと思いますよ。三回煮ると苦みは消えて味も落ちる、二回煮ると苦みは残るっておっしゃってましたよね。多分、二回で止《や》めるか、あるいは煮るんじゃなくて蒸すか湯に浸すかぐらいで……」

「まあ。マーロ様は色々ご存じなのですね……？」

と驚《おどろ》くフィーナに、ヴィクトルは「マーロの専門は食物関係なので」と説明をする。食物「関係」とはどういう意味なのかは理解出来なかったが、なるほど、ならばレオナールよりも知識があってもおかしくはないと思える。

「もしかしたらもう一度乾かす工程が入るかもしれませんが、うろ覚えですけど、干すのも一ヶ月程《ほど》かかっていた気がしますし……それから、木灰《もっかい》も使うと思います」

「もっかいとは？」

「葉っぱとか木を焼いた灰です。それを使ってあく抜きをするんじゃなかったかなぁ……」

「そうか……もし、それが本当だったらとんでもない話になるかもしれんな」

二人の会話にすっかり置いていかれるフィーナとヴィクトル。ついにヴィクトルは「そのヌザンの実だったらなんなんですか！」と叫んだ。すると、レオナールは苦笑《くしょう》を見せる。

「商売になる可能性がある。しかも、国内に止《とど》まらない。ヌザンの実は他国では王室御用《ごよう》達《たし》の菓子にも使われているし、味が良くないものは医療《いりょう》の分野にも使用されている」

「へ？」

予想外の言葉にフィーナもヴィクトルもぽかんとする。

「うーん、とはいえ、あく抜きの手間暇はもっとかかってしまうので、どこまでこの領地の利益として還元《かんげん》できるようなものなのかはわかりませんが……それに、うまくやらないと……ヌザンの実にプラスしてこの領地の何かを足さないと、実だけを流通させるとなると……どうすればいいのかは、まあこれから考えるとして……」

「そうだな……シャーロ王国は敗戦国だ。もし、対外で強く出られるものが出たら、すぐにそれを取られるな……まずそこは置いて、マーロ、調べられるか」

「ヴィクトルの鳥をお借りして、王城にいる知人経由で問い合わせをしてみます」

「ああ、頼《たの》んだ」

レオナールも足元に落ちている実を拾って眺《なが》めるが、それだけではヌザンかどうかわからないようだった。

「フィーナ嬢《じょう》。予定より多く拾っていってもよいだろうか」

「あっ、はい、勿論《もちろん》です。ここは誰《だれ》の林でもないので、好きなだけ持っていけるんですけど……面倒くさすぎて、こんな状況《じょうきょう》でもないと誰も見向きもしない木なんですよ。でも、えっと、もしかしたらその……とんでもないことになるんですね？　だったら、頑張《がんば》ってわたしも拾います！」

そう言うと、フィーナは足元に落ちている実を拾って手にしていたかごに入れていく。

その様子を見たヴィクトルが、レオナールに「フィーナ様ってあんなに美人なのに、やっぱりちょっと村娘《むすめ》っぽいですよね」と囁《ささや》いた。それへ、レオナールは冷たく「お前も拾え」と返すのだった。

第四章　悲しみの夜

　フィーナはレオナールたちが手配をした調査員や専門家が寝泊《ねと》まりする宿を確保し、レオナールに提案されたように、周辺の食事処《どころ》が彼らの食事を提供したら、それはレーグラッド男爵邸《だんしゃくてい》へ請求《せいきゅう》するようにと指示をした。

　ちょうどその手配が終わった頃《ころ》に、作物選定の調査員と鉱山の調査員どちらのチームも到着《とうちゃく》し、それぞれの日程を提示したのだが……。

「では、明日《あした》は二手に分かれることになるな。任せたぞ」

「大丈夫《だいじょうぶ》ですかね？」

「問題ない。むしろ、そちらはお前たちにもう任せられると思っていたしな。わたしが見なくとも、出来るだろう？　鉱山については単に確認《かくにん》をするために同行するだけで、実際は我らが行ってもわからぬことだらけだし、全員で行かなくても問題はないはずだ」

　視察初日の日程をずらして計画をしていたのだが、やってきた作物選定部隊は「気になる平野があったので、そちらを先に見たい」と一日別の予定をねじ込んできた。勿論、レオノールたちやフィーナよりも彼らはその道のプロなのだから、彼らが気になると言うならば是非《ぜひ》とも日程を延ばしても見て欲しいほどだ。

そのため、鉱山部隊を案内する日に例の伐採《ばっさい》地とその近くの開墾《かいこん》予定地に行くことになり、鉱山部隊にはフィーナとレオナールが同行、作物選定部隊にはヴィクトルとマーロが同行することになった。

任せる、と言っても嫌がらないヴィクトルとマーロの様子を見て、この二年半彼らを連れ歩いて成長を見て来たレオナールは、まだ言葉にはしないが「頼もしくなったものだ」と内心喜んだ。それから、これは良い機会だとも。立て直し公と今はレオナールが呼ばれているが、いつかヴィクトルとマーロにも異名が付く日が来るかもしれない。


調査員たちは馬車持参で来ていたが、レーグラッド男爵邸に馬車はひとつしかない。一時的にどこかから借りることを検討することになったが、ひとまず馬車をフィーナとレオナールに譲《ゆず》り、ヴィクトルとマーロは馬で移動をすることにした。

調査員たちは宿屋から向かうので、街道の途中で合流をした。途中の山道でフィーナは馬車を止め、馬車から降りる。そこは、例の事故現場だった。

(ここで事故が起きたことは本当に不運だったのだろう。道幅《みちはば》もそう狭《せま》くない。少し強めのカーブで車輪が破損したんだろうな……)

様々な土地を見て来たレオナールの目からはそう見える。だからこそ、防ぎようがなかった、無防備な状態で起きた事故だったのだと思える。

調査員たちは待機したまま。護衛についてきた護衛騎士《きし》三人と御者《ぎょしゃ》、フィーナとレオナールは崖《がけ》を見下ろした。フィーナは持ってきた花束を崖下に投げ、護衛騎士の一人もその後に花を投げ、しばし人々は崖下に視線を彷徨《さまよ》わせていた。

「みなさま、ありがとうございます。さあ、行きましょう」

事故について誰も口にすることなく——当事者であるフィーナが何も言わないのであれば、誰も言うことは出来ないわけで——フィーナに促《うなが》されてみな再び馬に、馬車に乗って出発した。彼女が何を思っていたのかは誰にもわからないし、誰もまた彼女にそれを聞くことは出来ない。レオナールも、花束を投げ入れる彼女の姿に胸を痛めたが、それ以上何も彼女に問わなかった。

「レーグラッド家の記録では、わたしの曾祖父《そうそふ》の代には鉱山の事業は終えて閉鎖《へいさ》しました。その当時はこの位置までの採掘《さいくつ》だったようでここに印が示されています」

フィーナは説明をしながら鉱山を歩く。彼女の話は、既《すで》に報告書として調査員も目を通していた。だが、位置やら何やらの説明が加わっていたので、ついでにおさらいのようにみな聞き入っている。

「ですが、三十年前、父がまだ幼かった頃に赤い鉱石が採れたという報告があり、一時的に採掘を再開したんです。発見者はもう亡《な》くなっています。ですが、ひと月かけて掘《ほ》り進んでもその赤い鉱石はわずかしか採れず、地質の変異で局所的に出来たものだったのだろうと判断して、商人に売ってしまったとのことですが、その時にかなり良い値がついたとのことで……」

しかし、資料が残されていないのだという。一過性の収入だと判断したのなら、それも仕方がない。

「発見されたのは、この辺り。それも印がついています。そこから先は掘り進めましたが、何も出なかった場所です。それから……もう一度、外に出ていただけますか？」

フィーナは淡々《たんたん》と説明をしている。調査員とのやりとりが初めてだからということもあるだろうが、彼女はいつももう少し愛想《あいそ》がいいはずだとレオナールは思った。

(仕方がないか。レーグラッド男爵と最後に共に視察に来たのがここなのだ。いつものように振《ふ》る舞《ま》うことの方が難しい)

だから、淡々とやるべきことに集中をしているのかもしれない。そう思うとまた心が痛む。

「危険なのであそこまでは行けないのですが……目がいい者が、あの位置に何か赤い物が見える、と以前言っていたらしく……」

そうフィーナが説明をすると、人々はきょろきょろと覗《のぞ》き見て「ううーん」と唸《うな》った。

「うわあ、あんなところはさすがに厳しいなぁ」

「山を切り崩《くず》すのが一番簡単だが、そりゃ一番金がかかる」

「いや、一番太いアンカーを打ち込んでいけばなんとかならないか」

「言ったお前さんがやってくれるならいいけども」

調査員たちは口々にあれこれと言うが、なんだかんだで「可能ならば確認したい」という意思は伝わる。それについてはまた後日、ということになった。

「フィーナ様、ありがとうございます。それでは、暫《しばら》く調査をさせていただきます。今日ざっくり拝見して、明日から調査試算のための前調査をします。その後、見込みがあれば予算との兼《か》ね合いで何をどうするのか結論を出す流れとなりますが」

「かしこまりました。もう見えていると思いますが、昔の鉱山作業員たちが使っていた小屋があそこにありまして……馬車から、荷を運んでちょうだい」

「はっ」

フィーナは調査員たちが少しでも快適な環境《かんきょう》で調査を進められるようにと、彼らの持ち込んだもの以外にも様々なものを準備してきた。護衛騎士はそれを古い小屋に運び込む。調査員たちも持ってきた荷物を運び込んで環境を整えたり、鉱山付近の地形や注意事項《じこう》の説明をしたり、ちょっとしたことの積み重ねであっという間に時間が過ぎていく。調査の準備を整え、遅《おそ》くなる前にと初日を終えた。調査員たちは翌日早朝から連日鉱山に通うとのことだった。

街道の途中《とちゅう》で調査員の馬車と分かれ、念のために護衛騎士二人が同行して彼らを送っていった。これでやっと本当にお疲《つか》れさまでした、とばかりにフィーナも肩《かた》の荷が下りたらしく、少し表情が和《やわ》らぐ。

レーグラッド男爵邸に馬車は向かっていたが、調査員たちと分かれてほどなく、突然《とつぜん》馬車が止まった。

「どうしたの」

「お嬢様《じょうさま》。街道脇《わき》に人が倒《たお》れています」

「領内の者かしら。誰《だれ》なのかわかる？」

御者と護衛騎士が確認をすると、少し離《はな》れた村で暮らしている老婦人だということがわかった。彼女のものらしいかごの中には、この辺りで煎《せん》じて飲まれる植物の茎《くき》が入っている。

「ああ、この先の草原で摘《つ》んで帰るところだったのね……おばあさんお一人で行くには少し遠いのに」

息はしている。が、何か持病があるのかもしれない。フィーナは護衛騎士に命じた。

「彼女の村に先に行って、お医者様がいれば手配をして頂戴《ちょうだい》。馬車に乗せて後を追います」

「かしこまりました」

何も言わずにレオナールは老婦人を抱《だ》き上げて馬車のボックスに運ぶ。

「フィーナ嬢。わたしのマントを外して、座席に敷《し》いてもらえるだろうか」

「あっ、はい！」

マントを固定している首元のベルトに手を伸《の》ばすフィーナ。

(こ、こんな時に、思うことでは、ありま、せんが……か、か、顔が、近い……！　この人、本当に顔がいい……！)

普段《ふだん》横に立って歩いたり、今日は馬車の中で二人きりだったりと、近いつもりでいたが、いざ物理的な距離《きより》が更《さら》に近付くと、彼の顔の良さには慣れていたが慣れていなかったのだとフィーナは悲鳴を上げそうだ。が、なんとか動揺《どうよう》を隠《かく》しながらマントを外して座席に敷き、そこに老婦人を横たえる。レオナールはマントの端《はし》をくるくると巻いて、彼女の頭の下に差しこんだ。

「呼吸は安定している。眩暈《めまい》やらなにやらで倒れただけだと思うが、老体では倒れただけでどこかをひねったり折ったりしているかもしれないな」

「そうですね」

フィーナは老婦人のかごを膝《ひざ》に載《の》せ、馬車に出発するように声をかけた。


老婦人のあれやこれやで予定が大幅《おおはば》に遅《おく》れ、彼らは夕暮れ時に村を出た。しばらく走ると、あっという間に夜の帳《とばり》が下りて来る。街道沿いはぽつぽつと灯《あか》りがついているので、その灯りを目指して馬は走らせるものの、いささか時間が遅すぎる。「これでは、さすがにみんなが心配しているかもしれないわ」とフィーナが呟《つぶや》いた。

「ああ、では、護衛騎士《きし》に先に行ってもらおうか」

「確かに、その方が良いかもしれないですね」

フィーナの表情にも疲れが見える。本来ならば、フィーナが護衛騎士にそれを告げるべきところだ。だが、レオナールは彼女の疲れを察して、特に彼女の許可も得ずに「馬車を止めてくれ」と御者《ぎょしゃ》に声をかけた。それから、フィーナを残してボックスから降りると、護衛騎士に声をかけにいく。

「予定より遅くなったので屋敷《やしき》の者が心配していると思う。あとはほとんど街道を走るだけだし、先に戻《もど》ってみなに帰宅が遅れていることを伝えてくれないか」

「は、しかし……」

「一応わたしも剣術《けんじゅつ》の心得はあるゆえ。わたしが馬を借りて行ってもいいのだが、さすがにそれは難しいだろう？」

それは、レオナールの代わりに護衛騎士に馬車に乗れという意味だ。彼が言うとおり、そんなことを受け入れるわけにはいかない。よって、護衛騎士は素直《すなお》にレオナールに従い、レーグラッド男爵邸《だんしゃくてい》に向かって単身馬を走らせることにした。

「出してくれ」

ボックスに乗り込みながら御者に命じるレオナール。彼が座席にしっかり腰掛《こしか》けるのと、馬車が動き始めるのはほぼ同時だった。

「先に行って、屋敷の者たちに無事を伝えるよう頼《たの》んだ。疲れただろうし、眠《ねむ》っていくと……フィーナ嬢……？」

「……あ、あ、あ……」

「フィーナ」

どうも、フィーナの様子がおかしい。見れば手が震《ふる》えている。フッ、フウーッと呼吸のリズムが整わない。

（まさか、思い出して混乱しているのか？）

レオナールはもう一度馬車を止めようかと思ったが、言葉を飲み込んだ。

(暗闇《くらやみ》の中で、動かない馬車の中に一人でいた時間が、彼女にはあったのだ)

ならば、馬車は動いている方が良い。レオナールは座席から、するりと馬車の床《ゆか》に下りる。膝を突《つ》いて、震える彼女の手を握《にぎ》った。


『ああ、では、護衛騎士に先に行ってもらおうか』

そうレオナールに言われて、フィーナは何か言葉を返したような気がしたが、何やらどっと疲れが出て少しぼんやりしている。どうやら自分は彼に同意をしたようで、レオナールは馬車のボックスから出て行き、護衛騎士に声をかけにいったようだ。

(ああ、疲れた……レオナール様にお任せしちゃおう……)

申し訳ないと思いながら、フィーナは護衛騎士への依頼《いらい》をそのままレオナールに任せた。

自分がしなければいけないのはわかっていたのだが、どうにもここ最近ないほど今日は疲《ひ》労《ろう》している。当たり前だ。あの事故以来、鉱山に行ったのは今日が初めてで、どこか心が身構えたまま一日を過ごしていた。よくわからない緊張《きんちょう》を維持《いじ》してしまって、あまり笑えていなかったような気すらする。

「ん……」

レオナールが護衛騎士に声をかけている間、ふわっとフィーナの意識は僅《わず》かに失われた。ほんの一瞬《いっしゅん》だけ寝《ね》てしまった。馬車で移動中には時々そんなことがあるが、この一瞬は緊張が解けた故《ゆえ》の、いつもより深い眠りだ。すとん、と意識が閉《と》ざされてしまい、次に目が覚めた時、一体自分がどこにいるのかフィーナはわからなくなった。要するに、ほんの一瞬なのに寝ぼけたようになってしまったのだ。

「！」

途端《とたん》、ドッドッドッ……と動悸《どうき》が激しくなる。外は暗い。止まった馬車の中、一人で留《とど》まっているその状況《じょうきょう》。きちんと見れば馬車は何も問題なく、あの事故の当時のようにあちこち破損しているわけでも、おかしな角度で倒れているわけでもない。だが、大雑把《おおざっぱ》な状況に反応して、突如《とつじょ》フィーナの目は霞《かす》んだ。

「え、え、え、え……」

聞こえていたはずのレオナールと護衛騎士の会話も耳に届かない。ただ、暗い。暗い馬車の中に置き去りにされている自分。たったそれだけのことで、おかしな汗《あせ》が出て来る。一気に混乱をして、フィーナはあの夜のことで頭がいっぱいになった。

(外に。外に、ヘンリーと、お父様が、落ちて)

と、なんとなく、誰かの声が聞こえて。馬車ががくんと揺《ゆ》れた。嫌《いや》だ。怖《こわ》い。ここで揺れたら落ちてしまう落ちてしまう落ちてしまう落ちてしまう……！

その時、ようやく耳に何かが聞こえて来た。なんとか聞き取れたそれは、どうやら自分の名を呼んでいるように聞こえる。

「あ……」

助けが来たのだろうか。馬車は引き上げられないから、一度戻らないといけないと誰《だれ》かが言っていた。そこからどれだけ時間がかかったのだろうか。やっと、自分は助けてもらえるのだろうか。だが、激しい動悸も、息苦しさも、目のかすみも治まらない。フィーナは焦《あせ》るが、何も出来ない。

「……あ、あ、あ……」

体は何もかも言うことをきいてくれない。自分に何が起こっているのかを把握《はあく》できずに、ただ、息苦しさを恐《おそ》れてどうにか息をしようとする。なのに、それもうまくいかない。嫌だ。助けが来たのに死んでしまうのだろうか。どうして。どうして。どうして……。

「フィーナ」

「あ、あ……」

「大丈夫《だいじょうぶ》だ」

「はっ、はっ……はぁっ……は……」

「大丈夫だから。震えは無理矢理止めなくてもいい。呼吸だけに集中しろ」

誰かの大きな手が自分の手を摑《つか》む。お父様だろうか。いいや、違《ちが》う。お父様はさっき崖《がけ》に落ちていって……！

「あ、あ、あ、あ」

「息を吸え。吸ったら止めろ。それから、ゆっくり吐《は》いて」

息を吸う。止める。吐く。言われていることはわかるのに、それが出来ているのか、自分がそれに従ってやろうとしているのかもよくわからない。

「息を吸って。止めて。ゆっくり吐いて。吸って。止めて。ゆっくり吐いて……」

誰かの手が背中に回される。お父様だろうか。いいや、そんなことはないとさっき思ったはずなのに。では、これは誰なんだろう。わたしを、助けてくれるのは。

「う、うう、う、う……」

よくわからない誰かにしがみついて、体を押し付けて。震えが止まらない。動悸が激しく高鳴ったままで落ち着かない。その中で、彼が繰《く》り返し告げる声だけが聞こえてくる。

息を吸って、止めて、吐いて。大丈夫だ。もう一度。息を吸って。それから。

「大丈夫だ。すぐ、帰ろう」

その言葉が、大きなきっかけだった。

ああ、本当は、一緒《いっしょ》に。

あの日だって、本当は一緒に帰りたかったのだ。お父様と、ヘンリーと、笑いながら。

その感情は過去のものであり、過去のものでありつつ同時に今のものでもある。恐怖《きょうふ》に混じった悔恨《かいこん》や、父や人々を失った悲しみ等が入り乱れて、フィーナは子どものように声をあげて泣き出した。

「う、うううう……うわぁあああああん……!」

あの日、救出に時間がかかった分、フィーナは一人で恐怖と共に「これからのこと」を考えざるを得なかった。だから、いざ一晩時間をかけて救助された後は、周囲が驚《おどろ》くほどテキパキと彼女は処理を行い、わからないことはすぐさま叔父《おじ》に問い合わせをして、気丈《きじょう》に多くのことを手配した。何度でも「今後のこと」を考えて考えて考えて。

が、彼女はそんな時間は欲しくなかったのだ。すぐにでも、こうやって誰かの腕《うで》の中で泣いて、誰かに抱《だ》きしめて欲しかったのだ。

彼女を抱く誰かの手は大きく、何度も何度も背を撫《な》で、頭を撫で、時折軽く力を入れて抱いてくれる。その体温に安心して、フィーナは泣きながら目を閉じた。

レーグラッド男爵邸《だんしゃくてい》に着いた頃《ころ》、フィーナは泣き疲《つか》れて深く眠《ねむ》っていた。パニックに陥《おちい》った状態で寝てしまったので、起きた時はどうなっているのかよくわからない。レオナー

ルは彼女を抱いて馬車から降りると、エントランスから階段を上りながら人々に命じた。

「大丈夫だと思うが一応医者を手配してくれ。それから、もしかしたらすぐ目覚めるかもしれないから、温かいものもすぐ出せるように。眠っているのに指先が冷たい。温かいタオルで少し温めてやってくれ」

ヴィクトルとマーロは食事中だったようで、駆《か》け付けるのに時間がかかったようだ。カークは医者を呼び、侍女たちは彼に言われたように温かいタオルを用意したり、着替《きが》えを準備して遅《おく》れながらレオナールを追いかける。

レオナールは多くは説明せずに、まず不躾《ぶしつけ》だがフィーナの寝室《しんしつ》にドカドカと入りこむと、彼女の靴《くつ》を無造作に床に落とした。どうせ侍女が着替えさせるだろうから、とそのままベッドの上に横たえて、何が起きたのかをカークに説明するために戻《もど》ろうとする。

「……うん？」

開け放したドアから差し込む僅かな灯《あか》りだけが頼《たよ》りだったが、ベッドの傍《そば》に数冊のノートが積まれていることに気付く。

（日記か何かをつけているのか。勤勉なことだ）

そう思って目を逸《そ》らそうとした瞬間《しゅんかん》、一番上に置いてあるノートの表紙に走り書きされた文字をつい読んでしまった。

（コルト伯爵領《はくしゃくりょう》……？）

反射的にそのノートを手にした時、侍女たちの足音が聞こえる。

「……」

大きなノートではない。あまりにも自分が失礼なことをしているという自覚はあったが、レオナールは一番上に置かれていたノート一冊を小脇《こわき》に挟《はさ》み、マントで隠《かく》す。

「失礼いたします。お着替えしますので、外に出ていただけますと……」

「ああ、頼《たの》んだ」

入ってきたのはラミーともう一人の侍女。レオナールは部屋の外に出ると、足早に自分が与《あた》えられている部屋へ行ってそのノートを置いてから、カークたちに状況説明をしに行ったのだった。


「わたし、なんでベッドで眠っているのかしら……」

真夜中に目覚めたフィーナは、ぼんやりと周囲を見回す。寝室だ。どう見ても自分の。思い出そうとしても途中《とちゅう》で記憶《きおく》が途切《とぎ》れる。もしや、自分は疲労《ひろう》のせいでとんでもない寝落《ねお》ちをしてしまったんだろうか、と思う。

「馬車から寝室に突然《とつぜん》飛んでくるわけもないし……誰かに運んでいただいたのね……」

フィーナの脳内では、馬車がレーグラッド男爵邸に着いて、レオナールが使用人か誰かに命じてフィーナを運んだイメージしか浮《う》かばない。そういえば、なんとなく誰かに手を握《にぎ》られた記憶がある。

(手? 運ぶのに、手?)

よくわからないが、わかっていることはひとつ。お腹が減った。

(ええ——寝間着《ねまき》になってる……これじゃこの格好で食事の間になんて……っていうか、今何時? もしかして、もうみんな眠っている時間?)

ならば、尚更《なおさら》使用人たちを呼ぶのも申し訳ない。

「あれっ」

フィーナはサイドテーブルに置いていたノートが綺麗《きれい》さっぱり一冊もないことに気付いた。これは、もしや何かがあって、ラミーが隠したのだろうか……慌《あわ》ててチェストの引き出しを開けると、案の定そこに入っているようだ。よかった、と一息ついてからそっと寝室を抜《ぬ》け出す。

以前は夜でも誰かが当番で起きていて、その人々が寝泊《ねと》まりできる詰所《つめしょ》にいた。が、財政難で使用人も少し減らして——解雇《かいこ》した者の転職先は斡旋《あっせん》したが——しまったので、夜中に動く者はほとんどいない。

(ってことは、今は真夜中ね。誰もいな……)

「っとお⁉　フィーナ様⁉」

「ひゃあああああ！」

角を曲がって出会い頭《がしら》にぶつかりそうになるのはヴィクトル。どうして真夜中にヴィクトルが、とフィーナはひっくり返りそうなほど驚く。

「貴族令嬢《れいじよう》が出す声じゃありませんよ、それ……」

「ヴぃ、ヴぃくとるさま、なんれ、ここに……」

驚いて呂律《ろれつ》がまわらないフィーナ。

「ええ……それはこっちのセリフですけど……駄目《だめ》じゃないですか、そんな格好で歩き回って、その上、俺なんかが見たことがレオナール様にバレたら……」

「あっ、こんな格好で恥《は》ずかしいところを見せて申し訳ないわ」

「そこじゃねぇ～～～……ちょっと、バタバタしてたんで、湯浴みがみーんな遅《おそ》くなって俺、待ちきれなくてソファで寝ちまったんですよ。でも、今日はちょっと土やら何やらで汚《よご》れてて……ほら、俺の頭、ふわっとしてるでしょ。埃《ほこり》とか、入り込みやすいからどうしても洗っときたくて……」

「あっ、そうなのね」

「っていうか、俺のことはどうでもいいですよ。具合はどうですか」

「具合？　ええ、よく眠ったわ。余程《よほど》疲れていたのね。馬車に乗って、えっと、よく覚えていないんだけど、寝てしまったみたい。レオナール様に悪いことをしてしまったわ」

フィーナのその言葉にヴィクトルは一瞬《いっしゅん》目を見開いて、それから「そうですか。うん、疲れていたんでしょうからね。よく眠れたならよかったっすね」と答えた。

「それで、お腹が減ったので……」

「あぁ……スープがね、残っているらしいですよ。とりあえずお部屋に戻ってくれませんか？　寝間着で出歩くのはちょっと、淑女《しゅくじょ》としてどうかといくら俺でも思いますね。誰《だれ》かに持って行ってもらいますから」

「でも、夜はみんな眠っているから……」

「いいですから、いいですから。とにかく部屋に戻って、いい子で待っていてください」

フィーナはヴィクトルに押し切られた。そうか、仕方がない。それに、寝てしまったから、今日の報告書も書けていないし、ここはヴィクトルに甘えて部屋で報告書の下書きをしよう……そんな気持ちで部屋に戻った。


「なんで疲れて眠ってしまった人が、真夜中に仕事をしようとしてるんですか！」

「わあああ～なんでヴィクトル様はラミーを起こしちゃったの～～⁉　よりによってじゃない！」

「失礼ですね！　わたしは年寄りなんで、夜中にすぐ目覚めちまうんですよ！」

「いくらなんでもおかしくない⁉」

「いや、でもですねぇ、いいものですよ、お嬢様《じょうさま》」

「何がよ」

「この年になると、夜に素敵《すてき》な男性に声をかけてもらうなんてこと、なかなかありませんからねぇ」

「はんっと、何言ってんの⁉」

とりあえず、ヴィクトルの采配《さいはい》で、ララミーは今のところフィーナが思い込んでいる「疲れて眠っただけ」設定を呑《の》むことにした。

眠っているフィーナに特に問題がないことを医師に確認《かくにん》してもらったが、あとは彼女が目覚めてから話し合おうということになっていた。だから、もしかすると明日《あした》改めて、医師がレオナールやカーク立ち会いのもと、フィーナに「馬車の中で混乱して過呼吸を起こしていた」という話をすることになるかもしれない。それでも、今のところはフィーナを不安がらせないようにしようという心遣《こころづか》いだ。

そういうことを器用に受け入れられる者といえば、やはりカークとララミーだろう、とここに来てそう日数が経過していなくてもヴィクトルは思い、いびきをかいて寝ていたララミーを起こしたというわけだ。

ララミーに彼女を任せて、ヴィクトルはその足でレオナールの部屋に行った。レオナールもまた、戻《もど》ってきてから医師が帰るまで待機しており――フィーナがそうなったいきさつを知っている者がレオナールしかいなかったからだ――食事も遅くなり、当然湯浴みも遅くなり、未《いま》だ就寝《しゅうしん》していない。ぐうぐう眠《ねむ》っているのは、マーロぐらいだ。

レオナールに「フィーナ様は、どうやら眠り込んでしまっただけだと思っているようです」と伝えると、レオナールは苦笑いを見せた。

「そうか。まあ、どちらにせよ、今後も同じことがあるかもしれないので、防ぐためにもきっときちんと話さなければいけないだろうな」

「そうですね……そういうのって、治るもんですかね」

「治るにしても、時間がかかるだろう。それほどの心の傷を負っていたのに、日々気丈《きじょう》に振《ふ》る舞《ま》って今日まで頑張《がんば》っているとは、恐《おそ》れ入る」

「そうですね。ところで、それは？」

ヴィクトルは、レオナールが手にしていたノートが気になって聞いた。

「ああ。今日からわたしは盗人《ぬすっと》という罪人になるな。フィーナ嬢のノートだ」

「フィーナ様の？」

読んでいたノートをぱたりと閉じて、レオナールは表紙をヴィクトルに向けた。

「コルト伯爵領《はくしやく》……」

表情が険しくなるヴィクトルと、それを見て苦笑いのレオナール。

「は……？」

「同じようなノートが何冊も寝室《しんしつ》にあった。執務室《しつむ》に置くとバレるからと隠《かく》していたのかもしれないな」

ヴィクトルはレオナールからそれを受け取って、ぺらぺらとめくる。フィーナのノートだと言われなくとも、彼らは既《すで》に過去の報告書から彼女の筆跡《ひっせき》を知っている。しかも、そこに書かれたものは報告書のようにまとめたものではなく、生の声をそのまま書き写したような雑然としたものと、それに対しての冷静な所見が添《そ》えられているものだ。

「ぶっ……」

驚《おどろ》きながらも真剣《しんけん》に目を通してページをめくっていたヴィクトルだったが、つい笑い声を漏《も》らす。途中《とちゅう》のページに「コルト伯爵話が長い！」「同じこと三回話してる」とフィーナの文句が書いてあったからだ。

「そのノートを見てから例の計画書を見ると」

「はい」

「不思議なことに、フィーナ嬢の姿がそこに見えるのだ。薄々《うすうす》はわかっていたが。あの計画書は、色んな意味で『生きて』いるように見えて来る。おもしろいものだ。おもしろすぎて、つい、この時刻まで寝《ね》ないで読み込んでしまった」

「困りますねぇ。困ったことに、このノートだけで本当に見応《みごた》えがある。我々が立て直しを行った領地の領主の本音も透《す》けて見えますし、領主に託《たく》したその後の運営がどうなっているのかも見えるし、ああ、フィーナ様の苛立《いらだ》ちや気付きなんかも見えるし、それから……我々がやったことが正しかったのだと後から立証してくれている、そんな内容でもあるし……なんだこれ。ちょっと、なんていうんですか……やばいな、あれっ……」

フィーナのノートをめくりながら、ヴィクトルは洟《はな》をすすった。

「俺、そんな、涙《なみだ》もろくないんですよ」

「知っている。マーロの方がよく泣いている」

「はい。でも、これやばいっすね……誰かが、こんなに……俺らがやったことを一所懸命《いっしょけんめい》学ぼうとしてるんだって思ったら……ちょっと……しかも……」

しかも、領地運営のことなんか、わかるはずもないと誰もが思っている貴族令嬢が。この国の誰もが「立て直し公に任せておけばいい」と思っているのに、自分たちがやっていることを学ぼうと背を追って来る者がいるなんて。そんなこと、レオナールもヴィクトルもこれっぽっちも考えていなかった。だからこそ、得も言われぬ感動を与《あた》えられた。ヴィ

クトルがごしごしと涙を拭《ぬぐ》うと、レオナールは小さく笑って、

「もっと、彼女は報《むく》われていいとわたしは思うのだ」

と告げる。それへ、ヴィクトルが「報われるように、全力を尽《つ》くしましょう」と返した。


さて、そんなわけで、フィーナが相当ショックを受けるかもしれない……とみなが心配しながらの翌日。医師とレオナールとカーク、そしてフィーナの四名で昨日のことを話し合った。

フィーナはパニックを起こした記憶《きおく》がやはりなく、レオナールに運ばれたこともまったくわかっていなかったようで、一晩経過しても「ただ疲《つか》れて眠っていたのだとばかり」と言うだけだ。彼女の性質からして、嘘《うそ》をついているわけではないとみなが知っている。

「今後も発生するかもしれないので、注意が必要です。それは、心がもたらすものなので、出来るだけ思い出させられるような状況《じょうきょう》を作らないようにしてください。あとは、時間のみが解決出来るでしょう」

「そうなのですね……」

フィーナは見るからにしょんぼりとしている。そんなに自分の心にあの事故のことが根

深く残っているなんて。いや、でもまだひと月ちょっとの話だ。仕方がないだろう……

色々な思いはあれど、今は何を考えても仕方がないのだともわかっている。

「レオナール様、ご迷惑《めいわく》をおかけいたしました」

「いや、大丈夫《だいじょうぶ》だ。老婦人のことがなければ暗くなる前に帰れたはずだったし、こちらも配慮《はいりょ》が足りなかった」

「いいえ、そんなことは」

「なんにせよ、今後馬車を使う時は明るい時間に、必ず誰《だれ》かと共に乗っている状況にするようにしましょう」

そのカークの言葉にフィーナは頷《うなず》いた。が、その直後にとんでもないことを口走る。

「でも、もしかしたら慣れたら大丈夫になるんじゃない……？」

「慣れたら……？」

「今日から特訓して、夜、馬車に一人で乗るっていうのはどうかしら……」

さすがにそれへはカークと医師の口がへの字になる。

「それで、大丈夫だったらちょっとずつ時間を増やすの。ね。どうかしら？」

「駄目《だめ》だ」

最初にはっきりきっぱりと否定をするのは、レオナールだった。

「あなたが気丈で負けず嫌《ぎら》いで、人に迷惑をかけたくなくて人に心配されるのも苦手で、そういうことを言い出すような人だということはみなが知っている。知っている上で、駄目だ」

そう言うと、彼は溜息《ためいき》をついて眉間《みけん》に皺《しわ》を寄せる。

「んんっ」

気丈で負けず嫌いで人に迷惑をかけたくなくて人に心配されるのも苦手で。その言葉の羅列《られつ》にカークはうんうんと頷き、医師は「そうなんです？」という顔になる。当の本人であるフィーナは「レオナール様にそう思われていたなんて……！」と驚いて妙《みょう》な声をあげる。

「会ってそう時間が経過していないわたしにこう言われるほど、あなたのそういう性質はわかりやすい。わかっているが、駄目だ。あなたが思っている以上に症状《しょうじょう》は深刻だ。それは、見たわたしにしかわからないことで、どうせ忘れるからと高を括《くく》っているならば許可出来ない」

「まあ！　それはレオナール様に許可してもらわなければいけないことではありませんよね……!?」

売り言葉に買い言葉がこんな時に勃発《ぼっぱつ》する。これはレオナールの言葉が悪い。許可出来ない。彼はそんな立場ではないのに、つい強く言うものだから、フィーナもかちんと来てしまったのだろう。領地運営のことならば別だが、これはフィーナの個人的なことなので、いくら迷惑をかけた相手とはいえ、その言い草はないのではと反応した上の買い言葉だ。

（ああ、ハルミット公爵《こうしやく》様、いけません、お嬢様相手にそんな言い方を……）

と、カークはレオナールに視線を投げるが、これまたレオナールは冷たい目でフィーナを見ているため、一向にカークの念を受け止める気配はない。

「駄目だ。あなたが前向きで何に対しても取り組みたい人だとはわかっているが、そのせいでより自分を苦しめることになるかもしれない。昨日のことは忘れたかもしれないが、次に同じことがあったら覚えている可能性はある。そうなれば、あなたは自分で自分の首を絞《し》めて、恐怖《きようふ》に恐怖を重ねることになる。そうなったら、時が解決するも何もない」

「うう……」

「あなたが今すべきことはそれではない。もっとたくさん、やるべきことがあるのだから、自分を信じて他《ほか》のことをしながら、解決してくれるだろう時が過ぎるのを待てばよい」

「うう……はい……」

はっきりと言われて、フィーナは悔《くや》しそうに拳《こぶし》を握《にぎ》りしめた。が、レオナールは打って変わって優《やさ》しい声音《こわね》で語りかける。

「あなたにお願いしたいことが、実はたくさん出来たのだ。その特訓なんぞに時間を割《さ》いたり、そのせいで調子を崩《くず》したりするような暇《ひま》がないほど、働いてもらわなければいけなくなる」

「え？」

「なので、我慢《がまん》して欲しい。先程《さきほど》は強い言い方をしてしまったが、あなたの力が欲しいのでな」

一体レオナールは何を自分にさせようというのだろうか。フィーナは不安を感じたが、自分でも出来る何かがあるのなら、と少し気持ちを落ち着けることが出来た。カークも医師もほっとして、今後の対応についてもう少しフィーナに話してから、ほどなく彼らは退室した。

（今日は念のため安静にしていろと怒《おこ》られてしまいました……）

フィーナは仕方なくベッドの上でだらだらと過ごしていた。あれだけ昨日深く寝たのだから、もう眠《ねむ》くない。とはいえ、仕事をしようとするとみなに怒られる。

レオナールが言っていた「お願いしたいこと」に関しては、彼らが少し仕事をした後に改めて話したい、とのことだった。フィーナは「一体なんだろう」とそれについても気になって、そわそわして休むどころではない。

（あっ、そうだ。ラミーが片づけてくれたノート……）

それを読むぐらいは許されたい。きっと、人が出入りするだろうから隠《かく》しておこう、と引き出しにしまってくれたのだろう。ララミーはそういうところは気が利《き》く。久しぶりに一から見直したら、今ならばわかることがあれこれあるのではないかと思える。

「フィーナ様、失礼します」

フィーナが仕事——彼女にとって今ではもう趣味《しゅみ》のようなものだから仕事だと認識《にんしき》していないが——をしようとしている気配を察したのか、侍女《じじょ》が寝室《しんしつ》にやってきた。ベッドから下りようとしていたフィーナは、慌《あわ》てて何もしていないふりをして取り繕《つくろ》う。

「なあに？」

「奥様がお見舞《みま》いにいらっしゃいました。お通ししてもよろしいですか？」

「えっ⁉」

つい、必要以上に声をあげて驚《おどろ》いてしまうフィーナ。だが、それも仕方がない。あの事故以降、ほとんど母アデレードは本邸《ほんてい》に足を運ばなかったのだし。

「え、ええ。勿論《もちろん》よ」

だからといって断る理由はないので、フィーナは彼女らしくなく、少しおどおどと返事をした。ほどなく、アデレードが花を持って寝室に訪《おとず》れた。

「お母様」

「調子はどう？　落ち着いたかしら？」

「ええ、大丈夫。今は念のために休んでいるだけで、すっかり元気なのよ」

そもそも、調子を崩した記憶《きおく》がないのだが、フィーナはアデレードが誰にどこまで話を聞いて来たのかわからないので、曖昧《あいまい》にそう言った。アデレードは持ってきた花をフィーナに見せる。

「あなた、この花好きだったわよね？　たまにはお部屋にどうかしら」

そう言って、その花を侍女に渡《わた》す。

（わたしが好きな花、覚えていてくださっていたんだ……）

そのことが嬉《うれ》しくて「ええ、そうするわ。花はいいものよね」とフィーナは満面の笑《え》みを浮《う》かべた。花を持っていく前に、侍女はベッド近くに椅子《いす》を置く。アデレードは品のある動作でそれに腰《こし》かけた。

「ヘンリーは……？」

「今は眠っているわ。でも、起きていられる時間が増えてきたからあなたに会いたいと言っていたわ」

「わたし……」

大丈夫《だいじょうぶ》よ、と言おうとして、フィーナは「そうだ。お母様に心配かけたくなくて、自分の不調は一切《いっさい》知らせないようにカークたちには言っていたのに……」と気付く。すると、そんなフィーナの思いを見抜《みぬ》いたのか、アデレードは穏《おだ》やかに「ハルミット公爵様からお話を伺《うかが》ったの」と告げた。

「ええ。あなたが、意地っ張りで、わたしに心配をかけたがらないだろうから、ご自分が伝えに来たとおっしゃってね」

「!」


なんてことだ、とフィーナはかあっと頰《ほお》を赤らめた。カークやラミーに聞いたのだろうか。自分が不調でもアデレードには言わないでくれと頼《たの》んでいたことを。それとも、彼は察したのだろうか。そのどちらかはわからないが、彼がフィーナのことを思ってそうしてくれたのだ、ということはわかる。

「あなた、一体どんな風にハルミット公爵様に接しているの? 意地っ張りだと言われちゃうなんて、貴族令嬢《れいじょう》として……」

と言いながら、アデレードは「ふふふ」と小さく笑った。貴族令嬢にあるまじき態度をとっているのではないか、と怒られると思っていたフィーナは、アデレードの笑い声にびっくりする。

「お母様?」

「いえ、ごめんなさいね。叱《しか》ろうと思ったけれど、ふふ、意地っ張りだと言われてしまう方が、あなたらしいのだと思ったら笑ってしまったわ」

「ええっ? わたし、レオナール様に意地っ張りだと思われるようなことをした記憶がないんですけど……それは、ちょっとレオナール様に問い詰《つ》めなくちゃ……」

「まあ。公爵様を問い詰めるなんて。そんな物言いをするほどなら、きっと公爵様があなたを意地っ張りだと言うのは間違《まちが》っていないのね」

「ええ～、ちょっと納得《なっとく》いかないんですけど」

「ふふ。そこで納得いかないと言うのが、あなたが意地っ張りな証拠《しょうこ》じゃないのかしら」

その論法はずるい、と言いたくなったが、アデレードがふっと目を軽く伏《ふ》せて悲し気な表情になったので、言わずに黙《だま》った。

「でもね、わたしもそう思うのよ。あなたは意地っ張りで、いつでも自分は大丈夫だって肩肘《かたひじ》を張ってしまうから……わかっていたのに、あなたがあの事故でどれだけ心に傷を負ったのか、少し考えればわかることで……それをあなたが隠してしまう人だとも知っていて、見ないふりをしていてごめんなさい」

「ここでわたしが、大丈夫ですって言っても、また意地を張って、と言われそうなので、ううん、話はちょっと面倒《めんどう》くさくなるのですが……でも、見ないふりをして少し放《ほう》っていてくださったことで、逆にわたしはやるべきことに集中も出来たんです。もし、お母様が事故に遭《あ》ったわたしを憐《あわ》れんで、あれこれと世話を焼いて下さったら、それはとても嬉しいことですけど、この領地のためにはならなかったと思うので……」

寂《さび》しい気持ちは少しあったが、それは本音だ。そして、だからといってアデレードも

「じゃあよかったわ」と言うような、なんでも都合良く考える女性ではなかった。

「まだ、わたしにもあなたにも時間が必要なのね。もう過ぎたことでも、心は渦中《かちゅう》にいるままなのよ。早くそこから抜《ぬ》け出そうとすると、どこかでそれは、あの人に対して申し訳ないと思ったり、自分で自分をもう一度渦中に投げ出そうとしてしまうんだわ。人ってそういうものでしょう」

フィーナはアデレードの言葉に驚いて目を瞬《まばた》いた。そんな風に母親と、人の心についてのあり方を話し合ったことなぞ、今までなかった。彼女はレオナールの『少し話しただけだが、夫人はあれはあれで聡明《そうめい》さをお持ちのようだし、今はあなたと距離《きょり》を置くほうがいいと思っているのだろう』という言葉を思い出した。そうだ。人に称《たた》えられる本当の淑女《しゅくじょ》という者は、聡明でなければいけない。今は心の痛みで少し逃《に》げているけれど、自分の母はこういう人だったのだと改めて知って「わたしはそれもよくわかっていなかったのだ」と恥《は》じた。

やがて、侍女が花瓶《かびん》を手に戻《もど》って来る。普段《ふだん》は例のノートを置いているサイドテーブルにその花瓶を置いた侍女は、申し訳なさそうに二人に声をかけた。

「お話し中申し訳ございません。お嬢様《じょうさま》、奥様とのお話が終わられましたら、レオナール様のお部屋の方へ来て欲しいと伝言をいただいております。急ぎではないので、お二人ともごゆっくり、とのことでした」

「ありがとう」

フィーナが礼を言うと侍女は寝室から出ていく。

「お仕事のお話かしら？」

「そうみたいです。わたしが、何かお役に立てるとおっしゃっていて……本当に、そうならいいんですけど」

「たとえそうでも、無理はしないで頂戴《ちょうだい》。今日まで無理をさせていたわたしが言うのはおこがましいかもしれないけれど。それから、わたしはこのまま離《はな》れに戻るから、よければあなたから公爵《こうしゃく》様に改めて御礼《おれい》を伝えてくれる？」

「はい、わかりました」

ごゆっくり、と伝言にあったものの、アデレードは長居をせず立ち上がった。実のところ、フィーナも少しほっとする。これまでより少し深い話は出来たが、なんとなく互《たが》いにぎくしゃくしている感覚はあまり変わらない。ただ、彼女の方から本邸に足を運んでくれたということは大きかったし、だからこそフィーナもアデレードを引き留めてはいけないと思ったのだ。

また来るだとかアデレードは言わないし、フィーナもこの前のように「そのうちまた行きます」とは言わない。むしろ、そんなことを言うこと自体おかしかったのだ。少しずつ何かが変わろうとしている時に、自分にも相手にもむやみな強制はよくないと二人は理解をしていた。そういう意味では彼女たちは似ていないのに、やはり母娘《おやこ》なのだ。


レオナールの部屋に来たフィーナは、ドアから入るとその場に立ったまま、アデレードの話を切り出した。ちょうど資料を机から応接セットのテーブルに移動していたレオナールもまた、立ったまま彼女の話を聞く。

「レオナール様。母に、その……」

「ああ、余計なことをと思われたかもしれないが、当事者はあなただけではない。一部始終を見ていたのはわたしなので、あなたの保護者に報告の義務があると思っただけだ」

レオナールは淡々《たんたん》と伝えたが、フィーナを責める気持ちはない。

「あなたの保護者は、カークでもラミーでもないだろう。それはわかるな？」

「……はい」

フィーナは平時の彼女にしては珍《めずら》しく、仕事以外のことですっかりしょげかえった表情を見せた。それを見たレオナールは、これでは自分が家長で彼女に教え諭《さと》しているようだ、と内心苦笑いだ。年齢《ねんれい》差のせいもあるが、こうも毎日一緒《いっしょ》にいれば、それなりに距離も近付くのは当然で、彼女もだいぶ「素《す》」を見せるようになったものだと少しだけ嬉《うれ》しくも思う。

（誰《だれ》かとの距離が近しくなることを、嬉しいと思うことなぞあまりなかったのにな）

そう自覚したが、今は少しそのことには蓋《ふた》をしようと、レオナールは意識的に年長者、かつ爵位《しゃくい》の上位者としてもう一言彼女に添《そ》えた。

「それと、自分の娘《むすめ》が倒《たお》れたというのに、それを知らされない母親の気持ちも考えた方がいい。知らなければ楽なままという考えでいると、のちにそれを暴かれた時に何倍も互いを傷つけるものだ。わたしはあまり人と人の関係というものに明るくないが、それぐらいはわかる」

「はい……ありがとうございました」

「うん」

あまりにもフィーナがしょげたままなので、レオナールはぽんぽんと彼女の頭を手の平で軽く叩《たた》いた。「えっ⁉」と驚《おどろ》いた声をあげたフィーナに、それ以上何も言わせず「本題に入ろう。座ってくれ」と言いながら、レオナールはソファに腰《こし》を下ろした。

「失礼します……」

　さて、フィーナの方は心中穏《おだ》やかではない。一体今何が起きたのだ。レオナールは今自分の頭を叩いたのだろうか。それとも自分の気のせいだろうか。いや、気のせいではない……と混乱している彼女を、レオナールは一気に仕事モードに切り替《か》えさせた。

「で、先程《さきほど》話した、あなたにお願いしたいことについてだが」

「はい」

　レオナールは早速《さっそく》、とばかりに「例のノート」を取り出した。それを見ては、フィーナもたまらない。頭をぽんぽん、なんてもうどうでもいい。何故《なぜ》それがここに。それをレオナールは見たのだろうか……そちらの方が、彼女にとっては一大事だった。なんといっても「気のせいだろうか」と思うことすら出来やしない。だって、まごうことなく「彼の資料の中に交じっていた」のだから。

「レオナール様」

「これだけで、わかったと思うが」

「ど、どうして、どうしてそれ……」

　必死に思い出す。絶対引き出しに入っていた。入っていたが、冊数は確かに数えていなかった。ああ、あそこで花瓶を置かれなかったら、ここに来る前に一度出しただろうに。いや、出して足りないとわかっていたら、もっとパニックに陥《おちい》っていたに違《ちが》いないから、これで良かったのか……とぐるぐる思考は止まらない。

「レオナール様は、わ、わたしをパニックに陥らせようと……？」

「まさか。そんなつもりはない」

「だ、だって、だったら、どうして……」

「昨日、あなたを寝室《しんしつ》に運んだのはわたしだ。そこで、見つけたので……怒《おこ》られるとは思ったが、一冊失敬して」

そこでレオナールは言葉を止める。フィーナは我慢《がまん》出来ず、心のままの言葉を出してしまう。

「ひ、ひどいです……それは、乙女《おとめ》のプライベートを暴くような行為《こうい》じゃないですか……なんて失礼なことをなさるんですか⁉」

「プライベート？　何だって？　これがあなたのプライベートなのか？」

どう見ても仕事のノートではないか、とレオナールは言いたいのかもしれない。いや、確かに彼から見れば、そのノートは仕事に関することが書かれているだろう。だが、フィーナにとっては、それ以上に、自分の日々の糧《かて》になっていたものだ。だって、そのノートは、自分が立て直し公に憧《あこが》れて、彼を称賛《しょうさん》して、彼を追いかけていた記録だ。いわば、仕事のノートでもあるが、それ以上にフィーナとしては「推《お》しノート」と言えるもの。

それを、知らないうちに見られていた。しかも、ちらりとめくった、どころではない。部屋から持ち出して、中を見て。まるで自分の心の内側を覗《のぞ》かれたようで、フィーナは恥《は》ずかしさや悔《くや》しさがないまぜになる。

「もう……ひどい……レオナール様のこと、嫌《きら》いになりました……！　いくらなんでもそんな……！」

「嫌い!?」

レオナールは彼女の剣幕《けんまく》に押されつつも声をあげる。

「う……その、ノートを無断で見たことは、確かに盗人《ぬすっと》のようなことで非道だとはわかっているが……」

「だって、これじゃあ、これからどんな顔でレオナール様とお会いしたらいいかわからないじゃないですか！」

「何だって……？」

「だって、憧れの人に、わたしが憧れていたってバレちゃったなんて、そんなの恥ずかしくて無理です！　うう……恥ずかしい！　女の身で、立て直し公に憧れていたなんて……身の程《ほど》知らずで……それも今だなんて。今なら、本当に自分がどれほど思いあがっていたかわかるし……ああ～……バレるにしてももう少し別の形にして欲しかった……！」

「あこがれ？」

レオナールに、自分の心がどれほど伝わってしまっただろうか。そう思うだけで恥ずかしさに身を隠《かく》したくなる。

フィーナは、顔を赤くしながらぶつぶつ繰《く》り返し呟《つぶや》いていたが、最後に「ああ」と言って両手で顔を覆《おお》いながら伏《ふ》せた。もう駄目《だめ》だ。どんな顔でレオナールを見れば良いのかわからない。

「なるほど……」

一方、レオナールはというと、ようやくフィーナが何を恥ずかしがっているのか、なんとなく理解をしたようだった。彼は「ううん」と咳払《せきばら》いをしてから、少し疲《つか》れたようにフィーナに言う。

「フィーナ嬢《じょう》、自白をしてくれたのは助かるが、いくらわたしでもこのノートからそんな事実を見通せるほどの洞察《どうさつ》力推察力はなかったがな……」

その言葉に、心底驚いてフィーナは顔をバッとあげた。

「ええっ、どうしてですか⁉　それを見てくださったなら、わたしがどれだけ立て直し公の手腕《しゅわん》に心酔《しんすい》していたのかもわかるというものですよね……⁉」

「いや……そこまでは……」

「じゃ、じゃあ、えっと、そこまで読んではいらっしゃらない……？」

「いや、全部読んだが」

「全部！　いやあああ！」

すっかり動揺《どうよう》したフィーナは、レオナールほどの人物が自分のノートを見れば、きっと溢《あふ》れ出る立て直し公への想《おも》いすら読み取ってしまうと思い込んでいた。彼が手にしたノートは、フィーナが二番目に視察に行った先のノートだったので、その頃《ころ》はまだそこまで傾《けい》倒《とう》していなかったはずなのに。

恥ずかしさから勘違《かんちが》いをして、すっかりあれこれと思い込んでしまったフィーナ。ついには「わたしの熱意がきっと足りていなかったんだわ……！」と、たまに出る斜《なな》め上の発想に辿《たど》り着き、そんなところですら自分の不足を嘆《なげ》いた。どうにも、彼女の感情は忙《せわ》しい。

「た、足りてなかったでしょうか！　レオナール様に伝わらない程度のことしかわたし、勉強出来ていなかったなんて！」

「そういうことではなくてだな……駄目だ。ちょっとこれは拗《こじ》れてしまいそうだ……」レオナールは、慌《あわ》ててベルを鳴らして「ヴィクトルとマーロを呼んでくれ！」と彼にしては珍《めずら》しくでかい声で叫《さけ》んだ。その間、フィーナは目を白黒させて、ああでもない、こうでもない、と泣きそうな顔になったりと忙しかった。

話をざっくり聞いたヴィクトルは大いに笑い、まだ彼女のノートを見ていなかったマーロは、本人の前で許可を得てようやくそれを見ることが出来た。話は朝一番に聞いていたので、ああ、なるほどと納得《なっとく》しながらの閲覧《えつらん》だ。まさか自分のノートを自分の前でふむふむと見られることになると思っていなかったフィーナは「嫌い……」ともう一度呟き、レオナールにとどめを刺《さ》した。

「すごいっすね。レオナール様相手に、面と向かって嫌いって言うご令嬢、初めて見ました！」

「ほ、本気ではないです。ないですけど、ちょっとだけ嫌いになりました！」

何度も言わないでくれ……反省はしている……と、レオナールは言いたそうだった。だが、声に出す権利が今の彼にはない。

「素晴《すば》らしい内容です。とても真摯《しんし》にお学びになったのですね」

「ありがとうございます。マーロ様にそう言っていただけるなんて、光栄です」

「まっ、レオナール様がやっちゃったことは、ほんっとーに失礼なことだとは思うんですが、まあ、おかげでですね、我々もですね、もう知らないふりをしないことにしようかなっていうのと、フィーナ様も知らないふりをしなくてよいことになりましたし、結果的によかったってことで許してあげてもらえませんか」

「おい。お前にフォローを頼《たの》んだ覚えはないぞ」

「レオナール様はご自分でおっしゃったように今は罪人の身分ですから」

「う……」

レオナールは唸《うな》って静かになる。その様子が少しおかしかったので、フィーナは小さく笑った。ヴィクトルとマーロが来たことで、取り乱した気持ちも少し落ち着いた。自分が馬鹿《ばか》な自白をしてしまったことに気付き、今度はそれを心から恥ずかしいと思ったのだったが、素直にこれまで何をしていたのかを白状した。

従兄《いとこ》のラウルの力を借りて、彼らの足跡《そくせき》を追ったこと。それをどういう形でレーグラッド男爵《だんしゃく》領に持ち帰り、故レーグラッド男爵とどのように話し合い、彼らに見せた計画書を作るに至ったのか。時系列も大雑把《おおざっぱ》でたどたどしい説明であったが、レオナールたちは最後まできちんと耳を傾《かたむ》けた。

「そういうわけで……みなさまが立て直しをした領地の様子を拝見して……わたしはあまり頭が良くないので、何を見聞きしてもどうしたらそんなことが出来るんだろう、どうしたらそんな着眼点を持てるのだろうかと最初は驚《おどろ》くだけだったのですが、そのうちちょっと夢中になってしまいまして……結果、立て直し公って素晴らしい方だと……要するに憧れであり、なんと言いますか、心の師と言いますか……こう、ちょっと、偶像《ぐうぞう》化していたと言いますか……」

「実物はどうでしたか」

笑いそうになるのを堪《こら》えながらヴィクトルが聞けば、フィーナは即座《そくざ》に返事をする。

「想像以上に聡明《そうめい》で有能な方で驚きましたが、まさか女性の寝室《しんしつ》からプライベートなノートを持ち出すような方だとは思っていませんでした。幻滅《げんめつ》です」

「うっ」

すさまじい直球にレオナールがうめき声をあげる。フィーナとしては、あれはあれ、これはこれ、で自分が憧《あこが》れていた人がやったことだからといって許せることではない。こればかりは仕方がない。ヴィクトルは大いに笑ってマーロに窘《たしな》められる。

「でもですね、はは、まあ、ちょっとレオナール様の話を聞いてあげてくれますか。寛大《かんだい》なお心で」

「ヴィクトル様がそうおっしゃるなら、聞いて差し上げてもいいですよ」

珍しく自分の方が立場が少し優位に立ったのと、恥ずかしい部分を見られたことをどうにか誤魔化《ごまか》したくて、フィーナはレオナールに少し意地悪くそう言った。こればかりはレオナールに勝ち目はない。よって、彼は早々に「わかったわかった。わたしが悪かった。なのに、耳を傾けていただけること、感謝しよう」と棒読みで言った。

「わたしが拝借したこちらのノートしか目を通していないので、他《ほか》のノートも見せていただけると尚《なお》良いのだが、それはまあ後のこととして」

「ええっ、見せたくありません」

「ひとまずその話は保留にしてもらって。端的《たんてき》に言うと、フィーナ嬢には十分に領地運営について参加もして欲しいし、口を出していただいてもよい。今まで、あまりよく知らないという体《てい》をとっていて、一線を引いていたと思うが、そこは問題ない。聞きたいことがあれば好きに聞いてもらっていい。勿論《もちろん》、あなたが今日まで隠そうとしていた事情はこちらも薄々《うすうす》はわかっているので、あなたがそうして欲しいと言えば、調査員たちにも漏《も》らさないし、王城への報告も今のところは、あなたについて特に何もしないでおこうと思っている」

「本当ですか！」

「ああ。ただ、それとは別に、頼まれて欲しいことがあって」

「はい」

「フィーナ嬢」

レオナールの表情が変化した。それまでも真面目《まじめ》な話をしていたはずなのに、それでもこの先の言葉は更《さら》に重たい内容なのだと一目でフィーナに伝えるほど、彼の冷たい瞳《ひとみ》には力が入っている。それに気付いて、フィーナの背がぴんと伸《の》びた。

「あなたは先程《さきほど》、着眼点、という言葉を使った。あなたのノートを見てわたしが感じたのもまさにその言葉で……領地を立て直すために、何をどう知るのか、何をどう見るのか、その基本となることを、この国の貴族たちはわかっていない」

「はい」

「だが、我々が立て直した領地を見て回ったあなたが男爵に力を貸して作った計画書や、この二年間にレーグラッド領で行っていた領地経営は、それらを既《すで》に知っている者の行いに我々には見えていたのだ。だから、我ら三人は、レーグラッド男爵は戦争後からかなり領地運営をうまくやってきた方だと思っていた。何故《なぜ》、その前から蓄《たくわ》えることが出来なかったのか、不思議に思うほど」

父がそんな評価を受けていたなんて初耳だ、とフィーナは「はあ」と少し間抜《まぬ》けな声をあげた。

「要は、それらはあなたの力だったのだなと、このノートを見てわかったのだ。そして、あなたは、我々が視察をして出した結論や実践《じっせん》のひとつひとつを評価して、紐《ひも》づけをしたり、分解をしたり、その後自分の領地に適用する力が養われている」

「そう、なんでしょうか？」

そんな大層なことをしただろうか、とフィーナは不思議そうに尋《たず》ねる。確かにレーグラッド男爵領に適用をするために、父である男爵と相談はした。だが、紐づけだとか分解だとか言われると、なんともピンと来ない。

「そうだ。ひとつの事例を他の事例に結びつけるには、あなたが言うように着眼点が大切だ。我らは座学や実践から得た多くの知識から方法論を導くが、同じ知識を人々に分け与《あた》えることは難しい。だが、あなたが出来たのだから、他の人間も数少ない事例からの紐づけや実践が難しくとも、そこにある思想は学べるのではないかと思うのだ」

「すみません……ちょっと、話が難し過ぎて……」

　フィーナは素直に片手をあげてギブアップを申し出た。ヴィクトルは笑って「レオナール様はちょっと興奮しているんですよ」と、とんでもないことを言った。それをレオナールは否定しない。ということは、ヴィクトルの言葉は本当なのだろうか……とフィーナはちらりとレオナールを見た。

「そうだな。少し興奮している。つい、説明ではなく語りになってしまった。恥《は》ずかしい姿を見せてしまったな」

「えええ……認められるのですか？　そんな、レオナール様が興奮なさるようなこと、一体どういう話なんですか？　わたし、全然話が見えないのですが」

　仕方がない、という顔で、普段《ふだん》はあまり話に割って入らないマーロが軽く手をあげれば、レオナールはあごをあげて彼を促《うなが》した。そもそも、レオナールは厳しい人物だったがそこまで傲慢《ごうまん》な態度を部下に見せることは少ない。それが余計にヴィクトルのツボに入ったのか、ヴィクトルは笑いを堪えている。

「我々は立て直しの事例について王城に報告をしていますが、当然その後のことまではわかりません。その後の状況《じょうきょう》が多少領主から王城に報告があがっても、それは領地の現状報告であって、立て直しの資料となんら紐づけされるものではありませんしね」

「あっ、そうなんですか」

　フィーナにとっては当たり前のように「それは時系列で整えるべき報告書では」と思え

ることでも、それは王城側からすれば違《ちが》う。事後の報告書の性質はまた別のもので、管理部門が見ても「一緒《いっしょ》にすべきもの」とは判断されない。

「ですが、フィーナ様は立て直し前、立て直しの実践、立て直しの後を時系列で、勿論リアルタイムではありませんが、その流れを見たうえで、それをレーグラッド男爵領にどう適用すべきかをお考えだったでしょう。何は採用出来たが、何は採用出来なかったとか、これは自分の領においては、ここが有効だがここは検討すべきだ、とか。それらの結果が最終的に計画書になったわけですよね」

「はい」

「それらを、書物としてまとめていただけませんか、というお願いなのです。本当は、我々がすべきことなのですが、正直手が回りませんので。今のままレオナール様が回るだけでは、間に合わない領地も出て来ますので、立て直しが必要な領主にそれらを読んでもらい、わからないなりでよいので計画書の提出を先にさせたいのです」

「はい……えっ⁉」

曖昧《あいまい》に相づちを打ってからフィーナは驚《おどろ》きの声をあげた。

「わたしが……そ、そんな大それたことを⁉　え、え、待ってください！」

「大それたことは既にたくさんやっているだろうに」

そのレオナールの突《つ》っ込みは正しい。が、予想外の打診《だしん》にフィーナはおろおろする。

「いえ、いえ、そうかもしれませんが、いえ、でも……ふえっ？　書物に……？」

一体何を言っているのだ、とぽかんとするフィーナ。一度では話が伝わらなかったか、とマーロはもう一度要約をして告げる。

『フィーナ様が見た立て直しの内容と、それをレーグラッド男爵《だんしやく》領にどのように反映させたのか、あるいは何は出来なかったのか等を、書物としてまとめていただきたいのです』

あまりに突然《とつぜん》のことに、フィーナはマーロを見て、ヴィクトルを見て、レオナールを見て、またマーロを見た。

「わ、わたしが、そんな……」

「出来るだろう。あなたならば」

と、レオナールの口端《くちはし》が軽くあがった。フィーナは目をぱちぱちと瞬《まばた》かせ、少し「ううん」と唸《うな》る。しばしの沈黙《ちんもく》の後、ようやくおずおずと尋ねた。

「あの、それは、わたしが書いたということは知らされてしまうのでしょうか」

「そうだな。レーグラッド男爵はお亡《な》くなりになっているし、視察に共に行っていたという従兄《いとこ》のラウルは、計画書に携《たずさ》わっていないわけだしな。が、そこはどうとでもなるだろう。書き終わった頃《ころ》に、あなたが名を伏《ふ》せて欲しいというならば、善処する。それに、内容はわたしたちも目を通して監修《かんしゅう》という形をとるし、わたしの名義で各領主に情報の開示の許しを得るということで話を通すので、本当に最後に決めてよいところだ」

「わたしに……出来るでしょうか……」

「あなたがこの二年やってきた、領地運営に関《かか》わることよりは簡単だと思う。それに、その作業はこちらからの依頼《いらい》なので賃金が発生するし」

「はい……」

「なんといっても、作業をしている間は過去のことでもわたしに質問し放題だぞ」

そのレオナールの言葉を聞いて、フィーナは目を輝《かがや》かせた。それは、なんというご褒美《ほうび》なんだろうか。本当にいいのだろうか。それらを尋ねるよりも先に、返事をしてしまう。

「やります！」

やってくれと頼《たの》んだものの、そこで即決《そっけつ》なんだ……とヴィクトルとマーロは驚きと呆《あき》れが混じった視線をフィーナに向けた。レオナールも心の中で「まさかと思いつつ餌《えさ》にしたが、そこはそんなに大切なのか……」と頭を抱《かか》えた。だが、それはフィーナに伝わらない。

「では、商談成立だ。始めるには、まず既に立て直しが終わっている領主たちと王城に情報開示の許可をとってからなので、逸《はや》らずとも良い。こちらのノートは謹《つつし》んでお返しするが、出来れば監修する立場ゆえ、他《ほか》のノートも」

「見せなくちゃ駄目《だめ》ですか？」

「うむ」

フィーナは観念して、残りのノートを寝室《しんしつ》から持ってきた。ララミーが片づけたノートがチェストにあると知った時、冊数までは気にしていなかったことにまた唸りながら。

「折角なのでここで少し」

と勝手にページをめくったヴィクトルは、すぐに「ぷはっ！」と笑い声をあげた。

「な、な、なんでしょうか！」

「おもしろいなぁ。ここ『手紙の恨《うら》みは一生忘れない』って、これ、何のことですか」

「！」

フィーナは真っ赤になってヴィクトルからノートを取り上げた。それは、最初に手紙を何度送っても返事をくれなかった、サンイーツ子爵《ししゃく》への恨み言だ。

「やっぱり見せません！　みなさん嫌《きら》い！」

マーロはとんだとばっちりだ。なんにせよ、すっかり元気そうな彼女の様子に安心し、男三人はどっと笑ったのだった。

第五章　お守り

数日後、レオナールとヴィクトルは、二人でガタゴトと馬車に乗って視察に向かっていた。マーロは例のヌザンの実についての返事を手に入れて、木灰《もっかい》を作ろうと使用人たちと共に邸宅《ていたく》の裏に枯《か》れ葉や木材を集めるため、別行動だ。

「……フィーナ嬢《じょう》はわたしの弟子《でし》だったのかな……」

「二年分の質問が早速《さっそく》飛んできて凄《すさ》まじいですね」

レオナールは早々にフィーナの熱量に敗北宣言をしていた。あまりにもフィーナが貪欲《どんよく》すぎるため、ついレオナールも部下に接するように少しずつ厳しくなっていく。結果、最後には何を言ってもフィーナが「はい！」「不勉強で申し訳ありません！」などと、きびきびと言いだす。まるで、勉学熱心なその辺の貴族子息のような返事ではないか。駄目だ。相手は「あんなでも」貴族令嬢なのだ。

ヴィクトルは、フィーナのその様子がおかしくて堪《たま》らないのだが、レオナールは困惑《こんわく》をしているようだった。

「夫人に恨まれてしまう」

「レオナール様がほどほどにしてさしあげないと」

「わたしの仕事の負荷《ふか》がありすぎるように思うのだが、気のせいだろうか」

「でも、ほんと助かりますよね。だって、希少ですよ。レオナール様の美貌《びぼう》にうつつを抜《ぬ》かして変なことを企《たくら》んだりしないで、純粋《じゅんすい》に領地経営のことを学ぼうとしてくれるご令嬢なんて、今後もいないでしょうし」

「そうだな……」

浮《う》かない顔を見せるレオナール。彼が仕事量が多少増えても簡単に音を上げる人物ではないと、ヴィクトルは知っている。特に、今回のフィーナの件は、彼らの方から提案したことに付随《ふずい》しているわけだし、フィーナが貪欲に質問をすれば、良い資料作りに繋《つな》がるとわかっているのだし。

(なんでちょっと元気ないんだろう、この人……)

ヴィクトルが内心そう思っていると、レオナールは呆れるような質問をしてきた。

「本当にわたしの顔はいいのか？」

「は!?　それ、他の人に言わないでくださいよ。刺《さ》されますよ!?」

「顔のことで？　そんなに大事なことなのか？」

「大事なことじゃないなら、逆に今顔のこと聞かなくていいですよね？」

「わたしにとっては大事ではなかったが……いや……わたしがわたしの顔をどうとも思わ

ぬように、わたしの顔をどうとも思わぬ者がいても、おかしくはないということだな。うん。ならばそこは問題ないな……」

「ええ？　何ですかその結論……」

と言いながら、ヴィクトルはハッとレオナールの言わんとすることに気付いてしまう。

（まさかこの人、フィーナ様が自分の顔をなんとも思ってないことを気にしてる……？）

そんな逆転現象が起きるなんてどうかしている。今まで散々、その美貌と肩書《かたが》きのせいで面倒《めんどう》な令嬢たちにアピールされてうんざりしていたのに、いざ、まったくその気配がない相手が出てきたら、突然自分の顔に自信を無くすとか、身勝手がすぎる。

（いいや、待て待て。これが、もともと顔に自信があるぞっていい気になってるやつなら笑い話に出来るが、そうじゃない公爵《こうしゃく》がなんで拗《こじ》らせてるんだ……？）

まさか。そんな。

（フィーナ様が、あまりにもレオナール様になびかないで領地経営の話に熱をあげているから、いまさら自分の顔の良さに疑問を持つって、なんだこれ、それじゃまるで）

なびいて欲しいみたいじゃないか。この人はわかっているんだろうか……そう思いながらレオナールの顔をじろじろと見れば、冷たい声で「お前に見られると穴が開きそうだ。見るな」とレオナールに言われてしまった。理不尽《りふじん》だ。

「フィーナ様。仕事の話ではないのですが、ちょっとお伺《うかが》いしたいことが」

「マーロ様？　木灰の材料は集まりました？」

「はい。おかげさまで。あとは風が少ない日にみなさんに燃やしてもらうお願いをしました」

書斎《しょさい》から書物を運んでいたフィーナは、廊下《ろうか》でマーロに声をかけられた。既《すで》に彼女はレーグラッド男爵邸の者たちに「全部バレちゃった！」と宣言をして、今は伸《の》び伸《の》びとしている。レオナールたちにバレたら……とびくびくしていたのが嘘《うそ》のようだ。

「ああ、お持ちしますよ」

「大丈夫《だいじょうぶ》ですよ、これぐらい」

「いえ、遠慮《えんりょ》なさらず」

マーロはすっと彼女の手から本を預かる。嫌味《いやみ》でもなく、無理矢理という感じもしない。レオナールとヴィクトルの後ろに付き添《そ》っていることが多い地味な彼だが、こういった優《やさ》男《おとこ》ムーブはそつがない。むしろ圧がない分頼みやすい……とフィーナは思うが、きっとレオナールがそれを聞いたら「圧とは……？」とヴィクトルに問うだろう。仕方がない。レオナールは顔がもう圧だ。

「実は……」

仕事の話ではないため、わざわざ足を止めて話すほどのことでもないようだ。マーロの話を聞いたフィーナは「それなら、すぐに一緒《いっしょ》に出掛《でか》けましょう！」と彼を外出に誘《さそ》った。


「マーロがいないんだが」

「ああ、マーロ様はお嬢様《じょうさま》と一緒に外出していらっしゃいます」

「フィーナ嬢と？」

レオナールたちは別行動だった日は早めに情報共有をする。邸宅に戻《もど》ると同時にマーロの所在を確認《かくにん》するレオナールに、カークは穏《おだ》やかに返事をした。

「急な予定が入ったのか。何か問題でも」

「いいえ。この季節のお買い物に行くとかなんとかで、特におおごとがあったわけではないご様子でした」

「そうか。ありがとう」

ありがとうと言いつつ、レオナールの表情は若干《じゃっかん》険しい。

今日の分の仕事が終わっていれば、マーロの時間は彼のものだ。だが、基本的にマーロは仕事熱心で「今日は休み」と明確な休暇《きゅうか》でない限りは、何かを必ずやっている。そういう人物だ。だから、いささか意外に思えたのだ。

（荷物持ちならば護衛騎士《きし》に頼《たの》めばいいことだし、そもそもフィーナ嬢が何かを買おうと街に繰《く》り出すことは初めてだな……季節の買い物とは一体なんだ？）

さすがにこれだけ毎日顔を合わせていれば、少しずつフィーナのこともわかってきた。

彼女は基本的にあまり物欲《ぶつよく》がない。きっと、それが他《ほか》の貴族令嬢との大きな違《ちが》いなのだろう。勿論《もちろん》、領地経営が傾《かたむ》いている今、贅沢《ぜいたく》が出来ないことをわかっていて自然とそうなっているのかもしれないが、そういう「欲深さ」「欲のなさ」というものはちょっとした会話で滲《にじ》み出るものだ。

だから、彼女が何を買いに行ったのか気になった。マーロが付き添うということは領地経営に関するものだろうか。商人を呼ばずに足を運ぶなんて、一体なんの買い物か……。

「む」

軽く、唸《うな》る。それは、フィーナのことを考えるのが「行き過ぎている」と思ったからだ。なんとなく胸の辺りがもやもやとして、気分が晴れない。

（いかん。どうせそういうものであれば、戻ってきて報告を受けるのだし、いちいちここで考えようが答えなぞ出るわけもない。どうした、何を無駄《むだ》なことを考えている）

レオナールは「少し疲《つか》れているようだな……」と呟《つぶや》く。

「ええっ!? どうしたんですか。そんなことをレオナール様がおっしゃるなんて……今日は早く寝《ね》た方がいいですよ!」

と、ヴィクトルに大袈裟《おおげさ》に返された。

「わたしだって人間だ。疲れることだってある」

「いや、そうですけど、レオナール様今までご自分で、はっきり疲れたっておっしゃったことないですよ……?」

「そうか?」

「そうですよ。そういう珍《めずら》しいことが起きてる時は、本当に疲れてるんだと思いますよ。ちょっと夕食まで横になってるぐらいがいいかもしれません」

「いや、それほどでは……」

「いやいや、いや、ただでさえ明日《あした》も明後日《あさって》も出掛けるんですから、ちょっと休んでてください。報告書は自分がまとめますから!」

ほんの一言呟いただけでヴィクトルはえらい剣幕《けんまく》だ。だが、そこまで言われて初めてレオナールは「そうか。わたしは疲れたと言わない人間だったのか」と自覚をする。

(自分のことは自分が一番わかっていると思っていたが、そうでもないのだな)

体調は悪くないはずなのだが……と最後までぶつぶつと文句を言いつつも、レオナールはヴィクトルに報告書を任せ、自室でくつろぐことにした。くつろぐといっても、彼はそういう時間を過ごすことがあまり得意ではない。

（ゆっくり休むとは、何をすればよいやら）

ベッドに入ってしまえばいつでも眠《ねむ》れる。今寝てしまえば生活のリズムが崩《くず》れる気がするし、夕食の時刻に起きられる気がしない。

「ふむ」

レオナールはチェックのため一時的に没収《ぼっしゅう》（言葉は悪いが実質そうだ）した、例のフィーナのノートに手を伸ばした。

（これは良いものだ。仕事の資料でありつつも、読む者を楽しませてくれる）

もちろん、読んで楽しめるのはレオナールたち三名だけの話で、他の誰《だれ》が読んでもそんな楽しみ方は出来るわけがない。自分たちがやったことを誰かがわからないながらも辿《たど》っていく様子は、なかなか彼にとっても勉強になる。もう「色々わかっている」彼らは、わからない者の思考には戻れない。想像することは出来ても、それが正解なのかどうかを毎回尋《たず》ねるわけにもいかないし、思考は十人十色だ。

だから、ノートを通してフィーナの思考がわかることが何よりもおもしろいと思う。正確に言えば、少し前のフィーナの思考。ノートを追っていくと少しずつ彼女が成長をしている様子、思いもよらぬところで理解が出来ずにつまずいた様子などが見える。

「……ふ……」

フィーナは時々、欄外《らんがい》にその時脳内に浮《う》かんだことを駄々漏《だだも》れで書き綴《つづ》っている。「半年後に来れば美味《おい》しい果物が食べられるって！」とその領地に絡《から》んだことから、時には「伯爵《はくしやく》家の食器のセンスめちゃ良かった」など関係がない日記めいたことまで書いている。

没収する時に彼女はぺらぺらとめくってそれらを塗《ぬ》りつぶそうとした。だが、レオナールが「あなたが後悔《こうかい》する。その時の気持ちは残しておいた方がいい」と言えば、渋々納得《しぶしぶなつとく》をした。あれは、恥《は》ずかしいだけではなく、こんな思いをさせるなんてひどい、という憤《いきどお》りが混じっていたのだろう。

（そういうところがなかなか良い。強い感情を外に出しても、彼女は人を不快にさせない）

しかし、このノートに関してレオナールに「嫌《きら》い」と強い言葉を口にした時。あれは、少しばかり違った。言葉自体はきついものだが、彼女はまるで拗《す》ねた子どものように見えて、ヴィクトルもマーロもそれを本気にはとらなかった。

しかし、正直なところ、彼女の口からそんな言葉を言われて、レオナールは少したじろいだ。彼女の口から「嫌い」と言われたことを、一瞬冗談《いつしゆんじようだん》だと思えなかったのだ。しかも、彼女は更《さら》に「幻滅《げんめつ》です」と言っていた。あれも実に心に応《こた》えた、と苦々しく思う。

後から考えれば、レオナールを「嫌い」「幻滅」と言っても、冗談だと許してくれる相手だ、と気を許されていたのだろう。そう思えば、逆にそれは可愛《かわい》らしいエピソードではないかと思う。

だが、心に刺《さ》さった棘《とげ》は簡単に抜《ぬ》けず、その場をどうやり過ごしたのかを、すぐには思い出せないほどだった。自分が、他人からの評価でそう心を動かす人間ではないと彼は知っている。それがどうだ。こうも簡単に心が揺《ゆ》れるなんて……と思う。

(まったく、あれには本当に困った。とはいえ……きっと彼女の心の中ではもっと色々強い感情があって、それは違う形で外側に出ているのだろうな)

強い感情を原動力に出来るから、領地運営に女性の身でありながら携《たずさ》わるようになったのではないかとレオナールは思う。このノートから感じられる熱量もそうだ。ここにあるものは「お勉強」を書き写したようなものではない。貪欲《どんよく》に得ようと前のめりに心が傾いている人間が、そのために筆を走らせたものだ。それを、読んだこちらに感じさせることが出来る。だから、それはどこか質の良い物語を読むのと似ていて、レオナールにとっては仕事に関《かか》わる内容なのに、仕事から離《はな》れて休みたい時に読んでも「おもしろい」と感じられるのだろう。

『それを見てくださったなら、わたしがどれだけ立て直し公の手腕《しゅわん》に心酔《しんすい》していたのかもわかるというものですよね……!?』

「……ううん……」

フィーナのことを考えていたら、ふわっと彼女のその言葉が思い出され、レオナールはノートを閉じてソファに背を預けた。

自分が彼女を知らなかったこの二年の間、彼女は偶像《ぐうぞう》を信仰《しんこう》するかのように、自分に憧《あこが》れを抱《いだ》いていたのだと言う。不思議な気持ちだ。立て直しに行った先で会った令嬢《れいじょう》に「常々ハルミット公爵《こうしゃく》様のお話は伺《うかが》っておりましたの」と言われてもこれっぽっちも心は動かなかったが、改めてフィーナに自分に憧れていたと言われると、なんともむず痒《がゆ》い。むず痒いが、憧れてもらえるようなことを出来ていてよかった、なんて馬鹿《ばか》なことまで思ってしまう。

(部下のような、弟子《でし》のような存在が増えて、浮かれているのかな……わたしは……)

瞳《ひとみ》を閉じる。あまり、自分の感情に向かい合うことは得意ではない。だが、心がざわざわと揺れている。

(こんなにも、一人の女性のことを考えることが今まであっただろうか……?)

やっぱり疲れているのかもしれない。一時間が経過した頃《ころ》、ちょうど二人が帰って来た。

「失礼いたします。フィーナ様と外出しておりまして、ただいま戻《もど》りました」

マーロが報告に来るのはおかしいことではないのだが、何故《なぜ》フィーナが一緒《いっしょ》に来たのだろうか、とレオナールは頭の中で首を傾《かし》げる。どこに何をしに出掛《でか》けていたのか、という話よりも先に、マーロと共にやってきたフィーナがずいと前に出てレオナールに近付く。

「レオナール様。体調が優《すぐ》れないとヴィクトル様から伺いました。大丈夫《だいじょうぶ》ですか」

「む、あ、いや。心配してもらうほどのことではない」

「無理なさらないでください。あの、これ、レオナール様の分です」

フィーナはそう言うと、小さな袋《ふくろ》をレオナールに渡《わた》した。ちょうどそこにヴィクトルがやってきて「ちょっとマーロ、来てくれ。どれが騎士《きし》団の分だって言ってた？　わかんなくなっちまった」とマーロを呼んだので、マーロは軽く一礼をすると一旦《いったん》その場を離れる。

「なんだ？」

「お守りです。幸せを呼び込んで、生きる力を与《あた》えてくれるんです。この地域の木材を使ったチャームが特徴《とくちょう》なんですよ。感謝祭前に購入《こうにゅう》して、古いものは感謝祭で感謝を捧《ささ》げてから捨てるんです。マーロ様にお声がけいただいて、そういえば今日までしかこれが市場に出ていないって気付いたので、慌《あわ》てて行ってきました」


さて、話は遡《さかのぼ》る。出掛ける前にマーロがフィーナに声をかけた頃。

「実は、立て直しの仕事で足を運んだ領地で何か小さな土産《みやげ》を購入して、いつも婚約《こんやく》者に送っていたのですが……」

「まあ。そうですわよね。マーロ様だって婚約者がいらしてもおかしくないですもの……わたしったら、すっかりそんなことも気にかけていませんでした」

「いえ、特に話題にもしていないので。それで、今日少し時間が空いたので、良さそうなものを売っている場所を教えていただければと思いまして……」

「それなら、この時期は……あっ、待ってください。えーっと……あ、ああっ、すっかり忘れていました。今日までだわ！」

フィーナは驚《おどろ》いた顔をして「ああ、どうしましょう」と叫《さけ》ぶ。マーロは何のことかわからずに戸惑《とまど》ってその様子を見ているだけだ。

「毎年、今日までしか売らないお守りがあるんです！　それをどうですか、って言おうとして、すっかり忘れていたことに気付きました。マーロ様、ありがとうございます！　それなら、すぐに一緒に出掛けましょう！」

かくしてマーロは、一体何をフィーナが買おうとしているのかもよくわからないまま、フィーナと共に出掛けることになったのだ。

「決まった時期しか開いていないお店で。毎年父が購入していたので、うっかりしていました」

手の平に載《の》るサイズの布袋の中には、数色の糸で編まれた紐《ひも》に木で作られたチャームがひとつ通してある、レオナールが見たことがないものが入っていた。

「どう使うんだ？」

「ブレスレットにする人もいれば、騎士団では剣飾《けんかざ》りの一部にする人もいます。父はペーパーナイフの持ち手に結んでいました。カークは、ペーパーウェイトの持ち手につけていると言っていましたね。ラミーはお部屋の引き出しに入れているみたいです。わたしは、これが似合うものを持っていないので、このまま袋に入れてハンカチと一緒に持ち歩いています」

「ふむ」

「女性向けはチャームがお花の形で色付けもしてありますが、男性には可愛すぎますので、こういう円や楕円《だえん》、四角い形に紐の色と合う色を半分だけ載せたものが人気のようです」

レオナールが受け取ったものは、黒、群青の糸と細い白糸、銀糸が編まれており、四角いチャームにはまったくムラなく群青色が三分の一ほど塗られている。レオナールにはそういったものの審美眼《しんびがん》は備わっていないが、なんとなく「悪くない」と思えた。

「これをわたしがいただいてもいいのか」

「ええ。勿論《もちろん》です。ふふ、マーロ様ったら、婚約者様には何色が良いのかとずっと悩《なや》んでいらして、お店の人に優柔不断《ゆうじゅうふだん》だねって怒《おこ》られていたんですよ」

「マーロらしい。フィーナ嬢《じょう》はあまり悩まなかったのかな」

「あっ、わたしは、侍女たちが女性用のものをみんなで選ぶので、最後に残ったものをもらうんです。お母様の分は自分で選びましたけど」

「それでよいのか？」

「ええ」

そう言ってフィーナは笑う。

「では、ありがたく貰《もら》おう」

「はい。体調はいかがですか。食事はとれそうですか」

「少し疲《つか》れていたのだが、休ませてもらったのでもう大丈夫だ」

「よかったです。では、わたしはこれで」

フィーナは笑顔《えがお》で一礼をして、部屋から出ていく。遠くで「お嬢様、なくなってしまいますよ！」とラミーが叫ぶ声が聞こえ、それへ「一個残るはずなんだけど!? どうなってるの～！」と言いながらぱたぱたとフィーナが廊下《ろうか》を走る音が聞こえる。

ラミーは、レオナールたちが来て数日は様子を窺《うかが》い、そんな雑なことをするような侍女頭《がしら》に見えないように振《ふ》る舞《ま》っていたのに、今はもうレオナールたちがいても声を張り上げてフィーナを呼ぶこともある。礼儀《れいぎ》がなっていないといえばなっていないが、田舎《いなか》貴族の屋敷《やしき》はこんなものだという感じもする。そして、レオナールはそれを不快に思わない。

「色々と、こちらも慣らされてしまっているな」

一人で小さく口端《くちはし》を緩《ゆる》めると、どこにつける、あるいはしまえばよいのだろうかと考えながら夕食の時間を待つのだった。


「本当に足りないわ！」

女性用に買ってきたお守りは何故か侍女の数ぴったりで、フィーナの分が余らなかった。おかしい、数は確認《かくにん》したはずなのに。

みながもう一度それぞれのお守りを見て確認していると、騎士団の宿舎から戻ってきたヴィクトルとマーロが、袋をひらひらと見せる。

「なんかひとつ余りましたよ」

「まあ。じゃあ、男性用のものを女性用のものにひとつ、数え間違《まちが》いをしていたのね」

使用人と護衛騎士の分は、男性用何個女性用何個、と個数だけを告げて大きな麻袋《あさぶくろ》に詰《つ》めてもらった。そのため、ひとつずつ確認はしてこなかった。そのせいか、と思う。

「男性用でも何の問題もないわ。それ、わたしの分です」

「えっ、お花じゃないですよ」

驚いてマーロはそう言うが、フィーナは「何の問題もありません」と言って、残ったひとつを受け取り、袋の中から取り出した。

「んっ」

「どうしました？」

「い、いえ、なんでも。なんでもありません」

配布のために集まった使用人たちは解散して、ほどなく夕食の時刻になる。ヴィクトルもフィーナに礼を言うと「報告書まだ書き終わってなかった」と、その場を離《はな》れた。

「フィーナ様、その、残っていたもの……」

「は、はいぃ……」

マーロが何を言わんとしているのかに気付いて、フィーナは慌ててお守りを袋に戻《もど》した。

「フィーナ様が、レオナール様にお選びになったものと、同じ色ですね」

「き、奇遇《きぐう》ですね……残ってことはわたし、センス悪かったのでしょうか……」

「いいえ、中を確認せずにただ一人ずつに渡しただけなので偶然《ぐうぜん》です」

どうしたらいいものか、という様子でマーロは困ったようにフィーナを見る。フィーナは袋を覗《のぞ》き込んで「やっぱり同じね」と確認をした。

「外でつけたりしませんし……いい、ですよね？」

なんとなく、マーロに許可をとるように聞いてしまう。勿論、マーロは頷《うなず》いた。

「いいんじゃないですか。もしかしたら騎士団の中でも、誰《だれ》か他《ほか》に同じ色のものを持っているかもしれませんし」

「そうよね。これとレオナール様のものだけが一緒《いっしょ》というわけではないものね、きっと」

もごもごと呟《つぶや》くフィーナ。誰に何の言い訳をしているわけでもない。だが、なんとなく気恥《きは》ずかしさに頰《ほお》が熱くなった。

その晩、フィーナは自室で落ち着いてから、お守りの袋を取り出した。その中からごそごそと出して、そっと手首に回して当ててみる。仕事の邪魔《じゃま》になるし、そもそも彼女のドレスには似合わないデザインだ。だが、なんとなく「身に着けて」みたくなったのだ。

（どうしよう。どうしてなのかよくわからないけれど、すごく嬉《うれ》しい）

まだ、出会ってそんなに時間は経過していない。だが、レオナールは今でもフィーナにとっては憧《あこが》れの存在であったし、時に師と思える人だったし、何より、自分のこれまでの努力を認めてくれる人だ。そう思えば、出会ってからの日数など関係なくフィーナにとって特別な存在であることは間違いない。

だが、いかんせん、出会う前からフィーナにとって彼は特別な存在だったため、今更《いまさら》その「特別」を自覚しろというのは難しい。

それでも、手首にそれをつけてみたその行為《こうい》が彼女に教えてくれるのだ。心に、何かがあるよ、と。しかし、残念ながらフィーナはそこから先に踏《ふ》み込もうとはしなかった。なんとなく、それはしてはいけないような気がする。その思いすら漠然《ばくぜん》としていたが、ただはっきりと「すごく嬉しい」と思いながら、手首にブレスレットのように巻いたお守りに触《ふ》れ、フィーナははにかむように微笑《ほほえ》んだのだった。

第六章　フィーナの記憶

ここ二日ほど、鉱山の調査員はまだ暗いうちに宿を出て鉱山に向かっているという。その為《ため》、彼らが宿泊《しゅくはく》している宿屋の主《あるじ》は彼らのために、朝食も昼食も大きなバスケットに詰めて持たせている。調査員たちがレーグラッド領のために動いていることを知っているので、人々は彼らに協力的だ。

そんな調査員たちから「とんでもなく朝日が美しい場所がある」と余談とも言える報告を受け、フィーナは「それは是非《ぜひ》見たいものだわ」と言い出した。話を聞けば、多分今の時期のみに見えるらしい、とのことだった。

早朝よりも早い時刻、要するにまだ夜。レオナールたちは、決してフィーナを一人にしないようにと気をつけながら、護衛騎士《きし》と御者《ぎょしゃ》と共に鉱山に向かった。

「おはようございます。夜はまだ寒いですね」

フィーナが笑いながら馬車から降りて行けば、調査員たちもにこにこと笑っている。

「おはようございます。いやぁ、本当にこの時刻はちょいと寒いですねぇ〜」

既《すで》に調査員はみな揃《そろ》っていた。彼らは夜に光る石があるのではないかと考え、ここ数日はこの時間に来ていたが……などと説明をしてくれた。それから、彼らを筆頭に少し歩く。

「こんなところまでは行ったことがないわ……」

フィーナがそう言うと、ちょうどそこで調査員は足をぴたりと止めた。そこには、ほんの四、五人だけが並べそうな足場があった。

「あの山と山の間に姿が見えるんですよ。なかなかいい時刻にいらっしゃいましたね」

調査員たちは「自分たちは何度も見たので」と言いながら場所を譲《ゆず》る。既に地平線に朝日が出たようで、まだ見えないもののほのかに明るさが広がっていくように思えた。

「あ……！」

すると、遠くの山と山の間にぬるりと太陽が見えて来た。日の出だ。

「すげぇ」

ヴィクトルが最初に声をあげる。その日の出はちょうど山と山の間から昇《のぼ》って来る。大きな太陽がふわりとあがる姿は平地で見るよりも迫力《はくりょく》があった。レオナールもそれには驚《おどろ》いて、目を見開く。彼らを一斉《いっせい》に照らす朝日。それが、あまりにも美しい。他国でも見たことがない、とレオナールは思う。フィーナも驚き、感嘆《かんたん》の声をあげた。

「わあ……山や森が多すぎて、この辺りではこんな綺麗《きれい》に見えないのに……こんなに美しいのね！　なんて、素敵《すてき》なんでしょう……！」

しばしの間、人々はそれ以上何も言わずに朝日を眺《なが》めていた。やがて、ヴィクトルとマーロは「すごいすごい」と言いながらその場を離れ、鉱山の方へと歩いていく。護衛騎士と御者はそれと入れ替《か》わるが、フィーナはその場から動かない。彼女は他者への気遣《きづか》いを忘れてまでもその光景を見たいのか、とレオナールは思う。

やがて、フィーナは「は！」と正気に戻ったが、見れば周囲に人はいない。御者と護衛騎士は再度馬車付近に戻っていた。

「大丈夫《だいじょうぶ》だ。まだ見ていたければ」

ヴィクトルとマーロは鉱山の説明を受けているだろうし、とレオナールは笑う。それへ、フィーナは照れくさそうに微笑んだ。

「わたしたちの領地は田舎《いなか》で、流行《はや》りのものは何もなくて、これだけがあればなんとかなるという産業も今はありませんが……本当に素敵な場所なのですね……」

「ああ、そうだな」

「わたし一人では守れなかったと思うんです。ですから、来てくださって、本当にありがとうございます」

「王城に言われて来ただけだ。陛下に礼を言ってくれ」

形ばかりの言葉になってしまったが、レオナールはそう言った。間違《まちが》ってはいない。正しい。だが、彼女に礼を言われることは嬉しく思う。

「領主が領地について誇《ほこ》れるのは、幸せなことだ」

「領主……？」

「今のあなたはその名で表せるだろう。わたしたちだけでは、領主にはなりえない。あなたのように、この地を愛していなければ」

「まあ……そんな……いえ、でも。そうですね。わたし、この土地が大好きです。そのう、領主と呼ばれるには至らないとは思いますが……ええ、大好きなんです。それは間違いないんですよ」

そう言って、はにかむように微笑む。フィーナはもう一度「ありがとうございます」と礼を述べて、朝日を見た。既に朝日と呼ぶには上に昇りすぎているかもしれないが、一日の始まりを見せるその姿は神々《こうごう》しさすら覚える。

「フィー……」

そろそろいいのでは、とフィーナに声をかけようとしたレオナールはその場で留《とど》まる。朝日に照らされた彼女を「綺麗だ」と思ったからだ。

（こんな風に、誰《だれ》かを綺麗だと思って見ることなぞ、なかったな……）

ずっと、忘れていた。彼女は口を閉じて立っていればそれだけで美しい。ふわりと心に湧《わ》く思いに軽く驚く。

（だが、普段《ふだん》の元気な彼女の方がずっと彼女らしいし、それが好ましい）

そのことをはっきりと意識する前に、フィーナはレオナールからの視線に気付いてこち

らを向いた。

「レオナール様？」

「ああ。もう、昇ってしまうな」

「そのようです。とても、綺麗でしたね！　来て良かったわ」

そう言って笑うフィーナを見て、レオナールは「ああ」とだけ頷《うなず》く。

「もっとたくさん、素敵な場所があるのかしら。わたしが知らないような場所が……」

「そうだな。あるのかもしれない」

「行かれた領地に、そういう場所はありました？」

「確かに、みな『そこならでは』という場所はあったな。観光になる場所もあれば、そうではない、なかなか来られないここのような場所もあったが……」

「そうなんですね。ね、それを今度はレオナール様が書物にしたらどうですか？」

「何？」

「そうしたら、みんなそんな土地に行ってみたいと思うんじゃないかしら。あっ、観光にはならないかもしれないけれど、それでも……」

何気なくフィーナは口にしたが、それへ驚きの表情を見せるレオナール。

「何か？」

「いや……そうだな。それも悪くないな。なるほど。考えもしなかった」

「何より、レオナール様が何かを執筆《しっぴつ》なさるのは面白《おもしろ》そうなので」

「そこか」

レオナールは苦笑いを浮《う》かべたが、なかなか悪くない話だとは思う。今の状態ではとても手に余ることだが、落ち着いたら。

（落ち着いたら……か。そうだな。ヴィクトルとマーロにも任せられるようになってハルミット公爵邸《こうしゃくてい》に戻《もど》ったら……）

ハルミット公爵邸に戻ったら。そうしたら、自分もまた腰《こし》を据《す》えて伴侶《はんりょ》を探すことになるのだろうとふと思う。

（伴侶か……）

自分の伴侶。ずっと忙《いそが》しくて考えることがなかったが、フィーナが書き綴《つづ》ってくれているものが完成すれば、少しは手が空くはずだ。いや、そう簡単にはいかなくとも、一年、二年後には……。

（誰でも良い、と思っていたが）

横を歩くフィーナをちらりと見て、レオナールは目を細めた。

帰りの馬車では、朝早かったせいでヴィクトルとマーロはうとうとしていた。レオナールとフィーナは特に何を話すわけでもなく、隣同士《となりどうし》──レオナールは既に彼女への警戒《けいかい》を解いている──に座っていた。

鉱山の山道を抜《ぬ》けて下山をする。と、突然《とつぜん》馬車ががくんと揺《ゆ》れた。

「きゃ……!?」

「おっ……と」

止まる馬車。前に投げ出されそうになったフィーナを、隣に座っていたレオナールが腕《うで》を出して抱《だ》きとめた。

「わあっ!?」

驚いてヴィクトルは目覚め、慌《あわ》てて御者に「どうした!?」と尋《たず》ねる。

「すみません！　突然動物が出てきて……！」

「は？　動物？」

「もう過ぎ去りました。申し訳ありません。護衛騎士《きし》と馬車の間を駆《か》けていったもので」

護衛騎士が仕方なさそうに頭を下げる。ヴィクトルが「わかった。気をつけてな」と言って腰を掛《か》けると、再度馬車は動き出した。

「？　……どう、しました？」

マーロは未《いま》だに眠《ねむ》ったままだ。幸せな奴《やつ》だな、とヴィクトルは心の中で思ったが、それよりも目の前の状況《じょうきょう》に驚いている。

前のめりになって座席から腰を浮かせてしまったフィーナを抱きとめているレオナール。馬車が普通《ふつう》に動き出しても、二人の様子はそのままでおかしい。

「あ、あ……」

「フィーナ嬢《じょう》？」

レオナールは怪訝《けげん》そうな表情でフィーナを見ている。彼女の手はレオナールの腕にかけられており、そのせいでレオナールは腕を引けない。

「あ、の……あのっ……」

「どうした……？」

じわじわとフィーナは顔をあげてレオナールの顔を見る。

「あのっ……わた、し……」

彼女の頬《ほお》は紅潮しているものの、体はレオナールの手から離《はな》れない。やがて、彼女の手がレオナールの腕から離れる。ゆっくりとレオナールがフィーナを座席に腰掛けさせると、フィーナは「ああ……」と声を漏《も》らした。

「わ、たし……あの日も、あのっ……お、お世話に、なり、ました……」

「え？」

「お、思い……出し、まし、た……」

絞《しぼ》り出すように言って、フィーナは両手で顔を覆《おお》って俯《うつむ》く。どんな顔を見せればいいのかがわからない様子だ。ヴィクトルはそれだけで察した。彼女が言う「思い出した」は、前回の鉱山帰りに過呼吸を起こしたという話だ、と。だが、詳細《しょうさい》を知らない彼は「あっ、そうなんですね」とあっさりと言う。

「思い出した、とは？」

レオナールは彼女から決定的な言葉を聞きたいのか何なのか、問い詰《つ》める。

「あの、ありがとうございます……」

「……ヴィクトル」

「はっ、はい！」

「寝《ね》ろ」

「む、無理を……は、はい、寝ます……寝ます……」

そう言いながらもヴィクトルは「フィーナ様～！」と心の中で願う。が、当のフィーナは思い出したせいで大パニックになっており、それどころではない状態だ。ちなみに、マーロは情けないほどぐうぐうと眠り続けていた。

レオナールに抱きとめられたと思った瞬間《しゅんかん》、突然《とつぜん》記憶《きおく》が脳内に蘇《よみがえ》り、フィーナは呆然《ぼうぜん》とした。馬車の揺れで体が前に投げ出されたのはほんの一瞬のことだったので、すぐにでも彼の手から離れて座り直せばよかったのに、それが出来ない。

（わたし……こうやって、レオナール様に抱きとめられるのが……初めてじゃない……！）

そっと自分を抱きとめたレオナールの腕に手を添《そ》えて、それから彼の顔を見た。彼は腕をそっと引こうとしたが、フィーナの手がなんとなく置かれてしまったので、そのままにしている。

（あの夜……わたし……）

暗い馬車の中で、パニックに陥《おちい》った自分を思い出す。何故《なぜ》か呼吸が出来なくなって。そんな記憶は先程《さきほど》までなかったのに、どうして今出て来たんだろう。ああ、そうか、あの時もこうやって……。

『息を吸え。吸ったら止めろ。それから、ゆっくり吐《は》いて』

声が聞こえた。うまく出来なかったけれど、それを必死にやろうとした。

『大丈夫《だいじょうぶ》だ。すぐ、帰ろう』

そう言われて、自分は泣いてしまった。そうだ。だって、帰りたかったのだ。父ともヘンリーとも一緒《いっしょ》に。けれど、それは出来なくて。ただただ、『あの日』に出来なかったことをしようと思って……。

泣いた自分を、誰《だれ》かの手が撫《な》でてくれていたことを思い出す。いや、誰かではない。それは、レオナールだ。何度も彼は「一緒に帰ろう」と言って自分をあやしてくれて。背中を撫でて、頭を撫でて、落ち着かせるためだとしても、大層恥《は》ずかしいことをされていたのだと思う。

ひとつずつ思い出していく。恥ずかしい。恥ずかしいけれども、少しだけ嬉《うれ》しい。いや、でも恥ずかしい。何だ、嬉しいとはどこから来たのだ……そんなことを思いながら、フィーナはなんとか言葉を出した。

「レオナール様、ありがとうございます」

「うん」

「うまく呼吸が出来なかったのを、助けていただいて……」

「どうということはない」

「あのっ、それから、その……情けなく……泣いてしまって……」

寝ろ、と言われてヴィクトルが寝ているわけではないことをフィーナは知っている。どこまで彼は知っているんだろう、と思いつつ、だが、思い出した以上はここで話をしてしまいたいと思う。

「それも、どうということはない。そうか。思い出したか」

「はい。ご迷惑《めいわく》をおかけいたしました」

「大したことではない。覚えていたほうがよいのかどうなのかはよくわからないが、落ち着いて思い出せたならば良かった」

「あの、思い出したことを……みんなに伝えた方がよいでしょうか」

「そうだな」

「わかりました。戻《もど》り次第、カークとラミーに伝えますね」

話しながら、フィーナはレオナールの顔をふと見た。

当たり前のように頷《うなず》くレオナールだったが、しみじみとフィーナは「顔がいい」と思う。

そんなことは当然で、今更《いまさら》誰に何を言われたって変わるはずがないことなのに、何故か
「とてもお顔がいい」と思い、彼の腕に自分が抱き留められたことを思い出して頬を紅潮させる。

「フィーナ嬢」

「ひゃっ、ひゃい!?」

「教えて欲しいのだが……どうしてそんなに顔を赤くしているのだ？」

「！」

からかっているわけではなさそうだ。レオナールは本当に不思議に思って、質問をしたのだろう。だが、フィーナからすればどう答えればよいのかわからない。つい、呻《うめ》き声を漏らしてしまう。

「うう……お、お、お顔がっ……大変、よろしいから、です……！」

言葉にすればなんとも間抜《まぬ》けな話だったが、フィーナにはそれしか言うことが出来なかった。本当のところは、それではない。だが、あえて言葉にしろと言われたらそう言わざるを得なかった。すると、それを聞いたレオナールは、嬉しそうな笑《え》みを見せる。

「そうか」

「……!?」

(え？　これで納得《なっとく》したの……？)

流れ的に悪くないはずだが、なんとなく納得が出来ずにフィーナは困惑《こんわく》をする。が、レオナールはもう一度、次は笑みをなんとか我慢《がまん》して「そうか」と、噛《か》み締《し》めるように言うだけだ。悩《なや》みに悩んで、フィーナはヴィクトルに助けをついに求めてしまう。

「ヴィクトル様！　起きてください～！」

「俺は寝てます……寝ていますっ……！」

そうこうしているうちにマーロが目覚め、なんとなくその話はそこで終わってしまった。レオナールは少しばかり残念そうな様子だったが、フィーナは逆にそれに助けられたのだった。

その夜、フィーナは部屋で一人になり、小さく溜息《ためいき》をついた。あれから帰宅をして、カークやラミーに「あの夜」のことを思い出したと伝えたが、彼らは「それはよかった」と言って笑うだけだった。勿論《もちろん》、覚えていることがいいのかどうなのかはわからない。が、何よりも彼らがそれ以上フィーナにあれこれと求めないことは助かった。

（レオナール様には本当にお世話になってしまっていたんだわ。どうということはないとおっしゃっていたけれど、わたしったら本当に恥ずかしい……）

思い出したと伝えて、謝意も伝えた。そこであの話は終わりのはずだった。だが、なんだかもやもやと心に残るのは何だろう。

（ああ見えて優《やさ》しい方なのね。あんな……）

情けなくも泣いて喚《わめ》いて縋《すが》りついてしまった。そのことを思い出してフィーナはかあっと頬《ほお》を紅潮させる。だが、問題はそれではない。そんな自分に付き合って、何度も何度も「大丈夫だ」と言いながら抱《だ》きしめて背を撫でて、頭を撫でてくれた彼のこと。

恥ずかしいのに、なんだか嬉しいと思ってしまう。それにはっきりと気付き、気付けば戸惑《とまど》う。何故だろうか。何故、嬉しいと思うのだろうか。

「あれかしら。あの、ラミーが言っていたアレ……」

夜に素敵《すてき》な男性に声をかけてもらうなんてこと、なかなかない。そんなことを言っていたララミーを思い出して「いやいや、違《ちが》うな……」と思うフィーナ。

「失礼いたします。湯浴みのご用意が……お嬢様《じょうさま》!?」

やってきたローラは、ソファに横たわっているフィーナを見て驚《おどろ》く。

「ローラ……」

「どうなさったんですか⁉ 体調が悪いのですか？」

「違うの。ね、わたし、男性に慣れていな過ぎなのかしら？」

それだ、とフィーナは思う。レオナールは「どうということはない」と言っていたのに、自分だけがやたらと気にしてしまうのは、それだろうと。続けざまに「はっ！」となる。

「もしかして、それが原因でわたしは行き遅れに？」

そんなわけはないのに斜《なな》め上の発想をして、フィーナは少しばかり現実逃避《とうひ》をしているだけだ。ローラは怪訝《けげん》そうに眉根《まゆね》を寄せる。

「話がわからないんですけど……多分お嬢様が行き遅れていらっしゃるのは……それではないのでは？」

「違う？」

「ハイ……あのぅ、一体何が？」

「それは、内緒《ないしょ》」

フィーナは「うぐっ」と喉《のど》を締め付けて、頬を紅潮させる。ローラは内心「ははーん、これはハルミット公爵《こうしゃく》と何かありましたね？」と思ったが、それを顔には出さなかった。

「ローラはほら……ヴィクトル様に声をかけられても大丈夫じゃない？」

「えっ⁉　何の話をなさっているんですか⁉」

「わたし、知ってるんだからぁ～」

「お、お嬢様、とにかく湯浴みに行きましょう！」

ひとまず、湯浴みに連れて行ってとにかくそこで綺麗《きれい》にしてあげよう……ローラはぐだぐだしているフィーナを必死に連れて行く。レーグラッド男爵邸《てい》の使用人たちは、みな優しいのだ。


（何かよくわからないけれど、とても綺麗にされたわ）

鉱山に行ったのだから汚《よご》れているだろうとローラは言い、上から下まで念入りに洗って、香油《こうゆ》も綺麗につけて、ついでに体のマッサージ、髪《かみ》にも香油を浸透《しんとう》させて……と、やたらと時間をかけられた。だが、おかげで体はなんとなくすっきりしたし、よく眠《ねむ》れそうだとフィーナは思う。

「ついでに寝間着《ねまき》まで新しいものを出されたけど……贅沢《ぜいたく》ではないかしら？　こんな可愛《かわい》らしいものを……」

ローラは「今日は気分を変えましょう」とかなんとか言って、新しい寝間着を用意してくれた。考えてみれば、ずっと同じような寝間着を繰《く》り返し着ていて、確かにそろそろ替《か》え時ではあった。自分がなんだかんだで悩んでいることを気にしてくれて、あれこれと気を遣《つか》ってくれたのだろう、と思う。

「そうだ。これも」

フィーナはチェストの引き出しから袋《ふくろ》を出した。例のお守りだ。彼女は毎年「寝る前にちゃんとお祈《いの》りしよう」と思っては、三日坊主《みっかぼうず》で終わってしまう。だが、とりあえず今回は三日坊主にはなっていない。

「今日もありがとうございました」

見れば、ついついレオナールのことを考えてしまう。今日、馬車の中で思い出してしまったが、あの時には気付いていなかったことが今は冷静にわかる。

(きっと、わたしがパニックに陥《おちい》ってしまうことを考えて)

――あなたが思っている以上に症状《しょうじょう》は深刻だ。それは、見たわたしにしかわからないことで、どうせ忘れるからと高を括《くく》っているならば許可出来ない――

そう言ったレオナールに、自分は少し食ってかかってしまった。だが、今考えれば、それが当然だったと理解が出来る。

レオナールは、自分を守ろうとしてくれたのだ。これでは、ありがとうだけでは済まないのではないかと思う。どうしよう。また、あのことで……と言い出しては迷惑《めいわく》だろうか。それとも……とフィーナの脳内は忙《いそが》しい。忙しいが、何を考えても結論が出ないのでお手上げだった。

（駄目《だめ》駄目。この件は夜は考えないでおこう……考えなくちゃいけないことは、毎日まだ沢山《たくさん》あるんだし……明日《あした》のこととか……）

明日の午前中、三人には感謝祭の荷物を、馬車に積み込む手伝いをしてもらう予定だ。ついでのように使ってしまうことは申し訳ないと思うが、正直なところ大層助かっている。

（そうだ。作物の調査員から連絡《れんらく》がそろそろ入って……鉱山は少し時間がかかると言っていたし、それから、川辺の積み上げの措置《そち》も……あと、街道の整備も引き続き行っているし……それから……まだ領地の情報を開示していいか許可が下りていない場所が……）

ソファに座ったまま、フィーナはうとうとした。ローラが頑張《がんば》った分、フィーナも少しばかり頑張ってしまって突然《とつぜん》の睡魔《すいま》に抗《あらが》えない。そもそも、今日は早朝から頑張りすぎていたし……と思ったら最後、寝室《しんしつ》に行くことなくフィーナはそのまますうっと寝入ってしまった。

レオナールは執務室《しつむ》に「今日のうちに」と足を運んでいた。今日は男性三人とも同じように動いたし、特にこれといったこともなかったので早々に話し合いを終えていた。明日は午前中に荷の積み込みを手伝ってから、午後視察に出る予定になっている。その前準備に必要な書類をいくつか漏《も》らしていたと気付いて、一人で執務室に行ったのだ。

(思ったより時間がかかってしまったな……)

資料をあれこれ捜《さが》していたら、少し時間がかかってしまった。こんなことならば、フィーナに頼《たの》めばよかったと後悔《こうかい》をするが時すでに遅《おそ》し。自分も早く眠らなければ……そう思いながら廊下《ろうか》を歩いていたが、フィーナの部屋の前で足が止まる。

(まだ起きているのか?)

扉《とびら》の下からわずかにだけ漏れる灯《あか》り。

(そういえば)

フィーナの部屋の扉が歪《ゆが》んでいて、夜になると灯りが漏れてしまう、という話を聞いていた。が、それをフィーナは「別に困らないし」と言っていたことも。きっと、それは彼女の本心ではないとレオナールは思う。

（直すための金を使いたくないのだろう。かといって、わざわざ部屋を替えることもしたくない。多分そういうことだ）

カークやラミーには「そんなお金、うちにはないのよ！」と正直に言っているかもしれないと思う。それにしても、こんな遅い時刻に起きているなんて、一体どうしたのだろうかとレオナールは試《ため》しにノックをしてみた。

「フィーナ嬢《じょう》？」

返事がない。灯りをつけたままにしているだけなのか、それとも。普通《ふつう》の男爵《だんしゃく》令嬢であれば、彼女が眠りにつくまでは護衛騎士《きし》もついているだろうし、侍女もついているはずだ。だが、ここにはそんな予算がない。どうせ奪《うば》われるものもないからと、夜になればみな眠る。門や邸宅《ていたく》の出入口等には配置をされているが、彼女の部屋は無防備だ。悩《なや》んで「失礼する」と扉を押せば普通に開いた。

「眠っているのか？」

ソファに座って、すうすうと寝息《ねいき》を立てているフィーナ。その様子を見て、レオナールは一瞬《いっしゅん》戸惑《とまど》う。

（何だ？　わたしの目がおかしいのか？　いつもより、もっと可愛いな）

一見失礼な物言いだ。もし、フィーナが聞いていたら「あっ、寝間着が新しいからですね！」「髪につける香油を変えたからでしょうか」「今日はマッサージを念入りに受けたので」と、矢継《やつ》ぎ早に説明をされるところだっただろう。だが、その内容をレオナールは知らない。

ララミーが聞けば「そうでしょう、そうでしょう、ちゃんと本気を出せばうちのお嬢様は……」と誇《ほこ》らしげに言うに違《ちが》いない。だが、フィーナはぐうぐう寝ているし、ララミーもまた既《すで》に眠りについている時刻。

(うん……?)

見れば、テーブルにはお守りが、袋から出されて置いてある。それは、自分が彼女から渡《わた》されたものと同じお守りでは、とじろじろと眺《なが》めるレオナール。

(どういうことだ？　女性のものは花のモチーフがどうのと言っていたが)

まさか。自分のものとお揃《そろ》いにしたかったのだろうか。

(最後に残ったものにすると言っていたが……それは嘘《うそ》だったのかな……)

そう思えば、体がかあっと熱くなる。なんだ、これは。彼女が自分と同じものを持っているということがこんなに恥《は》ずかしくて、そして嬉《うれ》しいとは。口元を手で押さえて、しばし瞳《ひとみ》を閉じる。静かに心に問えば、答えはひとつだった。

「……重症《じゅうしょう》だな……」

そのまま声をかけて起こそうかと思ったが、一瞬ためらった。お守りを見なかったふりをした方がいいのか、レオナールは悩む。

（とりあえずは、しまおう）

ちらりとフィーナを見れば、起きる兆《きざ》しがない。よく眠っている。起きないでくれよ、と心の中で強く願いながらお守りを袋に入れた。

（よし。これで、起こしても）

いいだろう。そう思って「フィーナ嬢」と何度か呼んだが、ぐうぐう眠っているフィーナは起きない。仕方がない、とそっと肩《かた》をゆする。効果はてきめんで、フィーナはびくっと体を震《ふる》わせて目覚めた。完全な寝落ちをしていたようで、ぼんやりとしている。

「ふあっ……？」

「フィーナ嬢。きちんと寝た方がよい」

「あっ、あれ？」

突然のことで、ぼんやりとするフィーナ。きょろきょろと室内を見回して、それから
「えっと……レオナール様？」と困惑《こんわく》の表情を見せた。

「あなたの部屋から光が漏れていたので、声をかけに来た」

「あっ……ありがとうございますっ……」

そう言いながら、フィーナはちらりとテーブルの上に置いたお守りを見た。自分はきちんと袋に入れたらしい……そう思って、ほっとしたようだ。

「大丈夫《だいじょうぶ》か？　調子が悪いとか、そういうことは？」

言いながら顔を近付ければ、フィーナは「ひぃっ！」と間が抜《ぬ》けた声をあげて硬直《こうちょく》をする。

「だ、大丈夫、ですっ！　顔、顔が近い……」

「うん？」

「顔が、近いです……うう……顔が、い、いい……」

言いながら、どうしたらいいのかわからず、両手で顔を覆《おお》うフィーナ。レオナールは笑いそうになったが、なんとかそれを堪《こら》えた。

「とにかく、ベッドで寝《ね》てくれ。では」

「ありがとうございます……あっ、おやすみなさい！」

「うん。おやすみ」

挨拶《あいさつ》を交《か》わして部屋を出るレオナール。数歩進んで振り向けば、扉の下から漏れた灯りは消えていた。

（顔がいいと言われることは慣れたものだが……）

と、ヴィクトルが聞けば「まーたこの人は」と言われるようなことを考える。しかし、それも当然だ。どこに行ってもそればかり。特に女性にはそう言われてしまうのだから仕方がない。

（フィーナ嬢に言われるのは悪くない。むしろ、どうして今まで言わなかったのだろうか）

だが、それには答えも出ていた。自分もそうだ。確かに彼女は黙《だま》っていれば——それはそれで失礼な話だが——美人だ。それは何故《なぜ》か鉱山で再認識《にんしき》をしたが、先程《さきほど》の眠《ねむ》っている様子を見てもそう思った。今更《いまさら》何を言っているんだ、と人々に言われそうだが、はっきりと気にしたのがその時だったのだから仕方がない。では、何故気にしたことがなかったのかと言われれば。

それに、あのお守り。自分が持っているものと同じ。それを彼女が手に入れているなんて。

レオナールは、正解と不正解が半々になることを考えながら、自分の部屋へ向かった。

「顔がいいとか言ってしまったわ……いえ……それはまさしくそうだったんだけど……」

フィーナは素直《すなお》にベッドに倒《たお》れて悶絶《もんぜつ》をしていた。まさかレオナールに起こされるなんて思ってもいなかったし、起きたら起きたで少しばかり呆然《ぼうぜん》としてしまって「一体今何が起きているのか」混乱してしまった。と、思えばレオナールが覗《のぞ》き込んでくるしで、もうどうしようもない。

（あの夜のことを思い出した日に、なんてこと……）

近付かれれば、思い出してしまう。彼に抱《だ》きしめられた時のこと。フィーナは膝《ひざ》を折って、ぎゅっと体を丸める。駄目《だめ》だ。今日はとにかく寝よう。明日《あした》になれば何かが変わる、あるいは何も変わらずにまた過ごせるに違いない。そのどちらが自分にとって必要なのかはわからなかったが、フィーナは瞳を閉じた。だって、それしか出来ない。自分はそれしか出来ないのだ。

（レオナール様……）

だが、どうしても彼の姿が瞼《まぶた》の裏でちらつく。あの日の彼の手は優《やさ》しかった。それが、自分をどうにかなだめようとしている手だとしても、あんなに優しく背を、頭を撫《な》でられればきっとどんな女性も恋《こい》に落ちてしまうだろうと思う。

ああ、そうだ。どんな女性も。

（わたしも……）

眠りに入る手前。体が温かくなってふわふわとした時間。そこで自覚をしたことは起きれば忘れてしまう。そうだ。朝になったら忘れてしまえばいい。フィーナはぼんやりとそう思いながら眠りに入った。

「こっちの荷馬車には、ガルト地域の荷を入れて！」

「粉から行きます！」

翌日の午前中、感謝祭の荷物をとりに順番に荷馬車がやってきた。おおよその時間は割《わ》り振《ふ》っていたが、来る方もきっちり時間通りではないし、運び込みも時間通りではない。

結局複数の荷馬車を待たせてひとつずつの作業を行うことになったり、ぽっかり時間が空いたりと忙《せわ》しない。

人々が積みこんでいる間、カークとフィーナは代表者に感謝祭の内容を確認したり、あれこれと話をしなければいけないため、慌《あわ》ただしいまま時間が過ぎていく。

「では、これで」

「はい。良い感謝祭にしてくださいね」

「はい！　ありがとうございます！」

代表者がフィーナに頭を下げる。

「あっ、そうだ……ハルミット公爵《こうしゃく》様は、どちらに？」

「えっ？　今、荷運びを手伝っていて……」

「お呼びして来ましょう」

フィーナの答えを待たずに、カークが気を利《き》かせてさっとその場から去る。

「レオナール様が何か？」

「御礼《おれい》を直接申し上げたくて……わたし共の地域に先日おいでになった時、家畜《かちく》を見てアドバイスをいただきまして」

「まあ」

すると、遠くからレオナールが歩いて来る様子が見える。フィーナは今日は朝からバタバタしていて食事を共にしていなかったので、彼と会っていなかった。改めてそちらを見れば、彼は荷運びのため袖《そで》をまくりあげており、いつもよりもラフな格好だった。

（かっこいい……殿方の腕《うで》って、どうしてこう……）

かっこいいんだろう、と思いつつ、フィーナは内心「平静、平静……」と呟《つぶや》いた。レオナールは代表者の顔を見て、軽く手をあげた。

「ああ、これは。先日は助かった。ありがとう」

「いえ、いえ、助けていただいたのはこちら側です。あれからちょっと飼料を変えて、それから外に出す時間も増やしたら少しずつ良くなっていって」

「そうか。よかった。日照時間が減ったらその頃《ころ》にはまた飼料を変えると良いと思う。この地域ではそうやって凌《しの》ぐのが一番効率的だ。季節に合わせるのは最初は難しいかもしれないが、まず半年試《ため》してくれ」

「はい。わかりました」

そう言うと代表者は頭を下げ、荷馬車に乗り込む。彼が去るのをレオナールとフィーナは並んで見送った。

「レオナール様！　次の荷馬車が入りますよー！」

ヴィクトルの声だ。レオナールは「じゃあ」と言って軽く会釈《えしゃく》をして走って戻《もど》っていった。フィーナも慌てて「はい！」と答え、彼の背を見送る。

（なんだか、とても嬉《うれ》しいわ）

レーグラッド男爵領の人々とレオナールが、自分が知らない間にあれこれ話し合っている。ほとんどは報告書に記載《きさい》されているので、フィーナも話は知っていた。だが、どんな風に話し合いがされて、どんな風に相手が捉《とら》えているのかは、報告書からはわからないこともある。

（レオナール様が、あんな風にみんなと話をして……きちんと認めていただいているなんて、良いことだし）

それに、やっぱり何よりも嬉しく思う。人々に言って回りたい。ほら、わたしの憧《あこが》れの人は凄《すご》いでしょう、と。そう思ったのだが……。

（憧れの人……）

フィーナは胸に手を当てて、ふと思う。何だろう。その言葉に何か違和感《いわかん》がある。ほんの数日前までは普通《ふつう》にそう思っていたのに。答えはすぐそこにあるが、一瞬《いっしゅん》目を閉じて軽く首を振った。

「お嬢様《じょうさま》、ハスール地区の代表者です」

「あっ、はい！」

物思いにふける暇《ひま》はない。フィーナはカークが連れて来た男性を笑顔《えがお》で迎《むか》えた。今日は一日忙《いそが》しい。


「この国は人材が足りないにもほどがないか？」

二日後。はぁ〜、と珍《めずら》しくも心底うんざり、といった顔でレオナールは書簡をヴィクトルとマーロに手渡《てわた》した。

「なになに？」

「えーっと……ああ、フィーナ様のお相手ですか……？」

「そうだ」

ヴィクトルとマーロは互《たが》いに顔を見て、それから「うーん」と唸《うな》りながらページをめくった。七人の候補が挙げられているが、どれもどれ。

「そうですよね……早いうちに決めなくちゃって話でしたもんねぇ〜」

そう言いつつも、どうにもこうにもピンと来ない。そもそも年齢《ねんれい》。一番若くて三十二歳。そこから三十五歳、三十八歳、三十九歳。最後の方は四十代が三人というとんでもない状態だ。

　だが、経歴そのものはまあ、一応、なんとか……と言いたくもなったが、三十五歳の子爵令息は既《すで》にバツイチ。四十代の二名も、既に嫁《よめ》を亡《な》くしているとか、よくわからない状態でこちらに来るとのことで、どうもスッキリしない。

「一番いい相手がここにいるから、余計ひどく見えますよねぇ～」

　とはヴィクトルの言葉だ。

「うん？」

「我々に説明されるほど、恥《は》ずかしいことはないと思うんですけど」

　それへ、レオナールは心底嫌《いや》そうな表情を見せる。

「お前たちは余程《よほど》わたしを見損《みそこ》なっているな」

「そうですかね」

「そうだ」

　ヴィクトルがその一覧をマーロに渡《わた》したところで、仕方なさそうに声に出すレオナール。

「これだけ、領地のことを愛して大切な時間を領民のために何年も捧《ささ》げている彼女を、ハルミット領につれていくことは、わたしには出来ないな……」

「「えっ」」

　そのレオナールの発言に、ヴィクトルとマーロはどちらも驚《おどろ》いたように口をぽかんと開ける。一体何が起きてそこまでのことを言い出したのか、と思うほどだ。

「そういう話ではないのか？」

「あっ、いえ、いえ、あの」

ヴィクトルは驚いてそれ以上の言葉をうまく口に出せない。今の彼の心境を語れと言われれば「あんた、その問題がなければいいってこと⁉」という言葉が正しいのかもしれない。と、それへマーロがおずおずと尋《たず》ねる。

「よくわからないんですけど、レオナール様はフィーナ嬢がお好きなんでしょうか」

「ああ……いや、それについては、今はまだ答えられない。そういうことにしておいてくれ」

「！」

ヴィクトルとマーロは、顔を見合わせた。が、レオナールは話を逸《そ》らす。

「そうだ。マーロが手配した者はいつ頃到着《ごろとうちゃく》予定だ？」

「五日ほど後になると思います。実を一週間干したものを先程木灰《もっかい》に入れました。残りのものも、一週間経過ごとに入れて行こうと思っています」

マーロは、レオナールの「フィーナに対する気持ち」について、いくらか名残惜《なごりお》しそうだったが、ひとまずセダの実の話をする。実際に彼らが思っている「ヌザンの実」かどうかはわからないが、そうだという前提であく抜《ぬ》きの実験をしている。それと共に、実際にヌザンの実を売り買いしている商人を、わざわざレーグラッド男爵領に呼び寄せた。というのも、マーロの実家は商家であり、たまたまこの国に近い場所にその「ヌザンの実」を扱《あつか》ったことがある商人がいたからだ。

と、その時、バタバタと足音が聞こえた。ノックの音。返事をすれば、慌《あわ》ててドアが開く音が聞こえる。

「失礼いたします」

「どうした？　カークか」

「はい。あの、レオナール様、こ、鉱山の調査員が訪《おとず》れまして……」

「それで？」

「で、出たそうです……とんでもない量の鉱石を含《ふく》んだ地質が……！」

三人はその言葉にガタッと腰《こし》を浮《う》かせた。

鉱石を含んだ地質を発見したという話だが、そこを掘《ほ》れるかといえばまた別のこと。目当てのものは、フィーナが「何か赤い物が」と言っていた、辿《たど》り着くのも危険な場所の一角だった。ひとまずその場所に鉱石があるということは、別所から掘っても出るのではないかという判断がなされたという。

調査員たちは細かな説明はともかく、まずは見てくれと削《けず》った石を三つ取り出した。

「わあ……」

フィーナは驚きでそう言ったきり言葉が出ない。最初に小さなものを二つ。それから、どん、とテーブルの上に置かれたものはかなりの重量がある石だ。そして、削った内側にはみっちりと赤い鉱石が光っている。

「ちょうど角度が悪く、これ以上はそこからは採れなくて。なので、別方向から掘り進めていくしかなさそうです」

「凄いな」

「まだはっきりとわかっていませんが、多分これは……産地が大変少なく貴重な深紅玉石《しんくぎょくせき》ではないかと。硬度《こうど》が高く、大きなものが採れないと言われておりますが……」

「大きいな」

フィーナ、ヴィクトル、マーロはほぼぽかーんとしている。調査員は「地層の関係でそう多くは採れないかもしれませんが、深紅玉石はこれだけでも相当の価値があります」と説明をした。

「エーレント公国の石として有名ですので、これは専売を取り付けられるのではないかと思います」

もともと「売れた」と言っていた鉱石は宝飾《ほうしょく》としての価値を見出《みいだ》されたので、同じものが出たらそうなると。だが、今のシャーロ王国は宝飾品を華美《かび》に身につけるようなことが出来ない。貴族たちの懐具合《ふところぐあい》が厳しいのだ。

だから、それを考慮《こうりょ》して王城の金で鉱山調査を進めた。商売を始めるとなると、鉱石の加工をして輸出することは必須《ひっす》。しかし、エーレント公国の石とされている深紅玉石であるならば、話は別になる。

「エーレント公国でしか採掘《さいくつ》されないと言われていた石がここで出るとはな」

「はい。しかも、エーレント公国で鉱山がいくつか閉鎖《へいさ》して、年々量が減っています。そして、エーレント公国はなんといっても中立国なので……」

「うん。たとえシャーロ王国が敗戦国だとしても、エーレント公国は一国として扱ってくれる。良い取引相手になるということだ」

フィーナは恐《おそ》る恐る手をあげる。よくわからないがレオナールが「フィーナ嬢」と言えば、発言権を得たように話し出す。

「以前採掘した時はこんなに大量に出なかったので……岩から削り落としたものをそのまま売っただけでしたが……こ、これは、本当にあそこにあったのですか？」

「ああ、そうだな」

「はい。量はわかりませんが、それなりにはあるのかなぁと。ただ、どこまで掘り進められるのかはわからないので、そちらの算段もしなければいけません。もう少々お時間をいただけますか」

「は、はい……」

「それから、サンプルを王城に届けることになると思いますが、既にここから割った少量を持っていくことにしましたので、この部分はお使いいただければと」

「いえ、いえ、使うも何も……こんなことになるなんて……えーっと、王城に？」

「はい。我々の雇《やと》い主は王城ですから」

鉱山の調査員は王城で手配をしているので、当然報告も王城に行う。ようやくフィーナは、何故《なぜ》彼らを王城の予算で手配したのか、その理由に気付いた。

「あっ、だから、鉱山の調査員は……」

「そうだ。もし、鉱石が出た場合はすぐに国に動いてもらおうと思って」

とレオナールが言えば、フィーナは頭を下げる。

「あ、ありがとうございます！」

「いや。まだ見込み段階だし、先が長い話だ。とはいえ、これほどのものが採れてしまうと、どうにも心が先走ってしまうな……」

そう言わざるを得ないほどの立派さに、レオナールは苦笑《くしょう》をする。それへヴィクトルも「いや、これは本当にびっくりですよ……」と同意をしながら鉱石を眺《なが》める。

「正直な話をすると、鉱石の加工までは考えていませんでした。領内でそれは手が足りないので……」

「大丈夫《だいじょうぶ》だ。エーレント公国相手では、原石での輸出となるだろう。最高の相手だ。専売になるだろうし、原石での輸出だろうし。とにかく、おめでとう、ということだ」

「はい！ ちょっと話が大きすぎてよくわかりませんが、予想以上の収穫《しゅうかく》ということですよね……？ 合ってますか？」

「うん。合っている」

「よかった！ 調査員の方々もありがとうございます。引き続きよろしくお願いいたします！」

満面の笑《え》みでそう言うフィーナ。調査員もみな「こちらこそ」と頭を下げ、晴れやかな表情だ。彼らの仕事はむしろここからの算段になるのだが、まず第一段階をクリアしたと言えよう。

「では、我々はこれで」

調査員たちがレーグラッド男爵邸《だんしゃくてい》を出ていくのを見送るフィーナたち。それに合わせてカークやララミーといった使用人数名がやってきて並ぶ。馬車が出て門をくぐっていけば、フィーナは使用人たちに「鉱石が出たんですって！」と報告をした。

「本当に鉱石が出たなんて、もう逆にびっくりしてしまって……」

カークはそう言ってぼんやりとするし、ララミーは「こりゃお祝いですね！」と先走る。それをフィーナは軽く止めながら尋《たず》ねた。

「あの石、どうしましょう？」

テーブルに放置してきてしまった石をどうしよう、と困惑《こんわく》をするフィーナ。ヴィクトルがレオナールに尋ねる。

「とりあえず、小さいものはひとつだけ売り飛ばしますかねぇ？」

「正規の金額は算出しかねるだろうが……」

「それでしたら、わたしの家の者が来るのをお待ちいただけると」

とマーロが言う。

「単発の依頼《いらい》での買い取りは出来ると思います。さすがに、うち程度ではあの大きなものは厳しいですが、小さなものでしたらきっと」

「そうか。助かる」

「ありがとうございます。マーロ様、よろしくお願いいたします！」

そう言うと、フィーナはぱしっとマーロの手を両手で掴《つか》み、見上げる。

「はっ、はい……」

どうやらフィーナは「そう」だとは言わないものの、相当浮《う》かれているようだった。浮かれているが、どう喜んでいいのか方向性がわからない。わからないが浮かれている。

「みなさまもありがとうございます。少しでも前進出来たこと、本当に嬉《うれ》しいです……！」

ぱっとマーロの手を離《はな》してからレオナールとヴィクトルにそう言うフィーナの頬《ほお》はほのかに紅潮している。

「本当によかったな。ひとまず、マーロの家の者が来るまでどこかへしまっておいたほうがいいだろう」

「わかりました！　どうしましょう、金庫のようなものがうちにはあったかしら」

「ああ、それでしたら……」

やいのやいのとフィーナとカークが話している間、マーロはいささか声を震《ふる》わせて、レオナールに弁明をした。

「事故のようなものです……」

それへ、レオナールは「何も言っていないぞ」と静かに、しかし、低い声で返すのだった。


「何をお悩《なや》みなんでしょうね？　レオナール様は」

マーロがヴィクトルに尋ねる。ヴィクトルは「うーん」と唸《うな》ってから答えた。

「ひとまず、レオナール様はフィーナ様のことを好きなんじゃないか？」

「やっぱりそうですよね？」

「そうだろうよ……」

二人はレオナールから一任されて、作物調査員からの報告書を読んでいる。作付面積も確保して、新しい作物の苗《なえ》を発注することになった。また、レーグラッド男爵領に来てすぐに視察をした伐採地《ばっさいち》の処理も同時に行うことになっており、人員が大幅《おおはば》に割《さ》かれる。だが、雨風が強くなる時季に入る前にどうにかしなければいけないので、そこは無理に人手を募《つの》ることにした。

「フィーナ様はどうなんだろう？」

「ううーん、自分が思うに……」

マーロはそこまで言ってから「いや、なんでもないです。憶測《おくそく》すぎました」と黙《だま》り、ヴィクトルにねちねちと「なんだよそれ」と言われたが、口を開かない。

「もやもやするんだよなぁ～」

「他人事《ひとごと》ですよ」

「本当にそう思うのか？」

それにそうとは言い切れないマーロ。当然だ。彼らの疑問は、単なる興味本位だけではない。この先のレーグラッド男爵領の話にも繋《つな》がるし、実際彼らはフィーナに報《むく》われて欲しいと思っているが、当主代理人に関してはどうにも人手不足であまり彼女に勧《すす》めたくない。

「ほんと、フィーナ様はどう思ってるんだろうなぁ」

ヴィクトルは静かに溜息《ためいき》をついた。

さて、一方のフィーナであったが、感謝祭の菓子《かし》作り――レーグラッド男爵邸や騎士《きし》団用の――を使用人たちに任せ、依頼に応《こた》えて書いたものをレオナールに見せていた。

「面倒《めんどう》だと思うが、この二パターンで書いてもらえないだろうか」

「はい。わかりました」

「それから、こちらの……」

レオナールからの指示もまた初めてのことなので、試行錯誤《さくご》をしながらになる。だが、基本的に彼は悩まない。読み継《つ》がれるようなものではなく、一過性に役に立つものとして作ると方向性は決まっている。

「この方法ではよろしくない場合があるので、ここに書き記しておいた」

「はい。それでは、この内容を先に入れるようにします」

集中はしていたが、少しばかりフィーナに疲《つか》れが見える。レオナールは「休憩《きゅうけい》しよう」と言って、侍女を呼んで茶を所望《しょもう》した。

「フィーナ嬢《じょう》は執筆《しっぴつ》の才能があるようだ」

「ええ？　そうでしょうか。全然、何がなんだか……これでよいのかなぁと思うばかりですけど」

「執筆というのか、説明かな？　あなたのノートより、だいぶすっきりとわかりやすく書かれていて驚《おどろ》いた」

ちょうど「失礼します」と侍女が入って来て二人の前に茶器を置く。フィーナは伸《の》びをして「感謝祭の方はどう？」と侍女に聞いた。笑って「はい。焼き菓子も焼けましたし、問題はありません」と答えると、侍女は一礼をして下がっていく。

「そういえば、ヘンリーの調子が少しよくなったようです」

「ああ、そうなのか……十歳ぐらいだったかな？」

「ええ。来月十一歳になるところです」

「そうか」

レオナールは茶を一口飲んで、もう一度「そうか」と言った。彼のそんな様子は珍《めずら》しいため、フィーナは「何か？」と尋ねる。

「ヘンリー殿《どの》を当主にする意向で合っているのかな？」

「はい。そうですね」

「そうか。わかった」

もう一度そう言って、レオナールは茶を口に含《ふく》んで「そうか」と言う。フィーナは眉根《まゆね》を軽く寄せた。

「もしかして、わたしの今後のお話でしょうか」

「ああ」

フィーナもそれについては考えてはいた。現在は鉱石が出たことによって色々な話が宙ぶらりんになっているが、それでもヘンリーが当主になるまで自分がずっと一人でいるわけにはいかないこともわかっている。

「先日、王城から候補のリストが来て」

「えっ？」

レオナールたちがそんなこともしているのか、と驚くフィーナ。が、確かに彼らからすれば、今は当主代理となっている自分が、このままでいることはよくないと察しているのは当然だと思う。

「見たのだがなかなか」

「なかなか？」

「酷《ひど》い有様だった」

「その、年齢的《ねんれい》に、でしょうか？」

「そう……まあ、そうだな」

年齢的にもだが経歴的にも。その辺りを細やかに教えるのは少しばかりためらいがあり、レオナールは曖昧《あいまい》に濁《にご》した。

「あなたはどうしたい？」

「わたしは……もともと金策のため外に出ると思ってはいましたが、こんな状況《じょうきょう》になったので、婿《むこ》を迎《むか》えることになるかなぁと思っていました。ですが、そこまでしか……なんと言いますかその……」

「うん」

「今のことしか、見えていなくて……将来の自分のことは、よく……よく、というか……どうでもいいと言いますか……いえ、そうではなくて……」

フィーナは言葉をそこで止めた。本当はわかっている。レオナールが言う「酷い有様」の中からでも誰《だれ》か適当に見繕《みつくろ》って来てもらえれば。ヘンリーが当主になるまでの間、なんとか力を尽《つ》くしてもらえれば。それだけでも助かるはずだった。だって、もうすぐひと月が終わる。あと二ヶ月。それが終われば彼らはここから去ってしまう。そうしたら、自分は一人だ。一人でもどうにかなる状態にはならない。そんな簡単なものではないのだ。

「みなさんがここを離《はな》れる頃《ころ》には、結婚《けっこん》した方が良いのでしょうか」

「すぐにとは言わないが、そうだな、正直な話をすると、あなた一人でどうにかなるほどにまで、立て直しが出来るわけではなさそうだ。数人の補助が必要になるんじゃないかな……そもそも、どの領地にも補助になる者がいるのだが、ここには最初からそれがいない」

「はい……」

「あなたはレーグラッド領から出たくないだろう？」

そのレオナールの言葉に、フィーナは一瞬《いっしゅん》ためらう。だが、正直に「ヘンリーが成人するまでは……」と頷《うなず》いた。

「なので……その、酷い、とレオナール様がおっしゃる方々でも……」

来てくれて、自分を迎えてくれるならば。その言葉がうまく出ない。だが、そのフィーナへ「わかった」とレオナールは言う。

「え」

「あなたの意向はわかった。鉱山でも言ったが、あなたは既《すで》にこの地の領主だ。たとえ、この先ヘンリー殿に男爵家《だんしやく》を継がせるとしても、今は間違《まちが》いなく。だから、あなたがここにいたいということは正しいのだろうな」

「で、でも……」

「うん？」

でも。自分を娶《めと》ってくれる男性は、どれほど自分を認めてくれるのだろうか。この土地を大事にしてくれるのだろうか。レオナールが「酷い」と言った人々の中で選ばれるのだとしたら、それは守られるのだろうか。数々の不安が一気に湧《わ》き上がる。だが、それをなんとか喉元《のどもと》で押し止《とど》めて、フィーナは仕方なさそうに笑《え》みを見せた。

「いいえ。その、わたしのような行き遅れを娶《めと》ってくださるなら、それで……」

「行き遅れ？　ああ、それは、何もしない女性の話だろう」

「え？」

「嫁《とつ》ぐために必要なことだけを教えられ、早くに嫁いで、子どもを産む。そうすることが正しいと思っているから、女性の教育はそう多く施《ほどこ》されない。だが、あなたは違うだろう。いや、言い方が悪かったかな……嫁ぐために必要なことを教えられている女性たちは、それはそれで本当に正しいのだ。だが、他《ほか》の国を見れば、あなたぐらいで嫁ぐ女性は多い。あなたは嫁ぐ以外のことをしなければいけなかったのだから、今の年齢でも何もおかしくない。むしろ、当然だ」

　フィーナはレオナールの言葉で、心に閊《つか》えていたものがまずひとつ、すとんと落ちた。別段、行き遅れについてはもう仕方がないことと思っていた。だが、自分と他の女性たちとの違いをわかった上で、はっきりと「当然だ」と言われるなんて。

「あ、ありがとうございます」

「礼を言われることではない……ああ、すまない、ちょっとヴィクトルに用事があるので、少し待っていてもらえるだろうか」

「え？　あ、はい」

「戻《もど》ってきたら、続きをやろう」

「はい！」

そう言ってレオナールは席を外す。パタン、とドアが閉まる音を聞いて、フィーナは
「はぁ〜」と長い溜息《ためいき》をついた。

「そうよね……早い方がいいのはわかっていたけれど……」

日々忙《いそが》し過ぎて、それどころではなかったと言い訳をしていた。考えれば自分はあれもこれもと言い訳ばかり。少しばかりしょんぼりするフィーナ。

（なんだか、ずっとこのままでいるような気がしていた）

そんなわけはないのに。レオナールたちは三ヶ月が過ぎればこの地を離れて、次は別の立て直しが必要な領地に足を運ぶに違いない。そして、自分はレオナールのもとに届いたという王城から来た候補者一覧に基づいて、誰かと結婚をするのだろう。そして。

（きっと、そのうちレオナール様も……）

つきん、と痛む胸の内。ずっと見えないままで、わからないままで、曖昧なままでよいと思っていた。フィーナは「仕方ないわよね」と呟《つぶや》いて、暫《しばら》くの間瞳《ひとみ》を閉じる。心の中ではっきりとした形になっていなかった思いが、少しずつ形を整えていくような、そんな感《かん》

触《しょく》。だが、それをはっきりと認識《にんしき》する前に自分で目を逸《そ》らす。何故《なぜ》ならば、それは形になってしまったら「どうしようもない」ものだからだ。

（もしも。もしも、レオナール様が）

そう思っても、その先は心を閉《と》ざさなければいけない。そんな都合がいいことがあるわけがないし、あったとしたって彼はハルミット公爵《こうしゃく》だ。結婚をしてレーグラッド男爵領が一時的にハルミット公爵領になったとしても。自分はハルミット公爵領に行かなければいけないだろうと思う。もし、ヘンリーが当主になるまでだけでも自分をここに置いてもらえないだろうか。いや、それは無理だ。あと何年かかると思っているのか。答えはとっくに出ているのだ。そもそもレオナールが自分をだなんて、いくらなんでも。

（だけど、こんなことを考えてしまうわたしがいる）

そう思うと頬《ほお》が紅潮する。その自覚を元に、彼女の心の中でもやもやとしたものは、輪《りん》郭《かく》を形作ってはっきりと姿を現した。だが、それをそのまま受け入れることは難しい。

（違う。そうじゃないの。わたしは、レオナール様を尊敬しているだけで……）

言い訳をしながら、慌《あわ》ててフィーナは声に出す。

「ええっと、とにかく……レオナール様がお戻りになる前に、これを確認しなくちゃ」

彼から渡《わた》された書類に目を落とした。じんわりと目の端《はし》に涙《なみだ》が浮かび上がったが、それを「えい！」と払《はら》って、何度も何度も同じ書類を読み直す。覚悟《かくご》は決まっていたのに、揺《ゆ》れる。揺れたとしても、どうにもならないのだとフィーナは思うのだった。

感謝祭当日、フィーナは午前中に近くの町を訪問し、焼き菓子《がし》や干し肉などを配布している様子を見て来た。大きな祭りには出来ないものの、小さい催《もよお》しはちらほらとあって子どもたちは楽しそうだった。

帰宅後、昼食前に騎士《きし》団のもとに行って焼き菓子と干し肉を配布した。本来、焼き菓子は子ども用だが、それよりも一回り小さいものを厨房《ちゅうぼう》の人々が焼いてくれた。護衛騎士たちはみな「感謝祭に倣《なら》って」子どものように花を持ってそれと交換《こうかん》する。その「花」もレーグラッド男爵邸《だんしゃくてい》の庭園に咲《さ》いている花なのだが、フィーナは「ありがとう」と言って受け取った。

一方、レオナールたちは感謝祭とはいえやるべきことがあるので、特に顔を出すことなく作業をしていた。今日はマーロが先導してやっていたセダの実のあく抜《ぬ》きだ。木灰《もっかい》から実を取り出して、水につけて一晩さらす。レーグラッド男爵邸の裏で、井戸《いど》水《みず》を汲《く》み上げるヴィクトルは「疲《つか》れた～！」とぼやいた。

「一週間干しましたけど、多分もっと干した方が正解だと思うんですよね」

「そうかもしれないな。更《さら》に干せばもっと小さくなるか」

「はい。他のものはまだ干しています。結構長い期間実が落ちているので、まだ拾えるようですし……足りなければまた採って来ましょう」

レオナールは、木灰から取り出して綺麗《きれい》に洗ったものを一つ口にしてみた。

「どうっすか？」

「違うな。先日食べたものより、ずっと風味が良い」

「ヌザンの実らしい味でしょうか」

「多分。だが、マーロが言うように、もう少し干してからかもしれないな。次回を期待するか」

男三人はそう言いながら、しばらく水にさらしてから更に水を入れ替《か》える、を繰《く》り返す。

本来は流水にさらすべきなのだが、流水がこの辺りにはない。仕方がないので、手作業でしばらくは行おうということになったのだ。

「明日《あした》にはマーロのところの商人が来る予定だな？」

「はい。実を見に行く話もついています」

彼ら三人は毎日やることが多い。ひとまずはマーロに任せて、三十分後に交代に来ると言って二人はそれぞれ部屋に戻った。

「うん？」

自室に帰ったレオナールは、テーブルの上に置いてある袋《ふくろ》を見つけた。わざわざ部屋に置いていくのはフィーナだろうと思う。見れば、焼き菓子と干し肉が入っている。

「花を返さなければいけないか」

きっと、ヴィクトルの部屋にもマーロの部屋にも置いてあるのだろう。焼き菓子をくれた人に子どもたちは花を返すと聞いていたが、さすがに自分たちが庭園の花を摘《つ》むのは違うと思う。

（ふむ）

ソファに座って、先日フィーナから提出された文書を出してレオナールは読む。執筆《しっぴつ》の才能、という言い方をしたが、それは語弊《ごへい》があったと思う。

（普段《ふだん》はとっちらかっているが、こうやってまとめると筋道が見えやすい。一本、筋道があって、それから枝分かれをいくつもしている。が、筋は明らかに筋。彼女ぐらい極端《きょくたん》なところがある方が、それがぶれないのだろう）

会話をすると、あっちこっちへ話が飛んだり、斜《なな》め上のことを言い出したり。と思えば、はっきりとした部分は明確にいつも捉《とら》えている。そして、記述をする上では、その後者の部分が非常に重要だ。

フィーナのノートは雑然としていたが、その中でも「筋道」は見えていた。それを元に例の領地改革計画書を作ったことははっきりとしている。だがそれでも彼女が思っているようにこのまま彼女を代理人として育てようにもなかなか難しい。だから。

「父に、わたしの我儘《わがまま》を聞き入れてもらえると助かるのだが……」

独り言をぶつくさと言ってから、すぐに切り替えて次の作業に移る。移っては、またフィーナのことを考える。その繰り返しだ。

(まいったな)

既《すで》に彼の中では答えが出ていた。そのため、ヴィクトルの鳥を使ってまで、王城経由でハルミット公爵邸に問い合わせをかけた。今は、その返事待ちだ。いくらかの話し合いは必要かもしれないが、きっと自分の思惑《おもわく》は通ると思う。それを信じている反面、なんだか落ち着かない。

(待っているだけで、他《ほか》にはどうしようもないのに、彼女のことをどうにも考えてしまう)

ヴィクトルにもマーロにもまだ断言はしていなかったが、もう隠《かく》し通せない。

(フィーナ嬢《じょう》が好きだ)

はっきりとしたその気持ちに、レオナールは向き合うのだった。

「フィーナ様、失礼します〜っと」

フィーナの部屋にヴィクトルが来訪する。感謝祭の日とはいえ、レーグラッド男爵邸は既に落ち着いており、フィーナもまた依頼《いらい》をされた執筆活動に戻《もど》っていた。

「これ。すいません、こんなぐらいで」

「あっ、お花。別によかったのに」

「いやいや、さすがに」

ヴィクトルは庭園から「買って」来た一輪の花を渡す。そもそもレーグラッド男爵家の庭園で花を売り買いなどはしないのだが、これはかりはとヴィクトルは頭を下げて「買わせて」もらった。

なんとなく、すっとソファに座るヴィクトル。フィーナもそれを見て向かいに座った。

「どうでした？　お昼前に町に行ってきたんでしょう？」

「ええ、いつもより活気があって……昔のように大きな催しは出来ませんが、みなさんで色々工夫《くふう》をしてくださって、祭りの体《てい》になっていましたよ。嬉《うれ》しいことです」

「そりゃ、よかった」

「みなさんがあちらこちらを視察してくださっているので、みなこれからどうなるんだろうと期待に満ちています。これまで、期待をあまりさせられなかったので……とてもありがたいです。ですから、本当に感謝の気持ちを込めたのでお花はいらないんですよ」

「そう言ってもらえるとありがたいですけどね」

そう言いつつもフィーナはヴィクトルから渡された一輪の花を覗《のぞ》き込んで「とても綺麗」と笑う。

「……えーっと、その」

「？」

「つかぬことをお伺《うかが》いいたしますが、フィーナ様はその……ご結婚《けっこん》の予定については」

「えっ？」

フィーナは驚《おどろ》きの声をあげる。が、すぐに落ち着いて、困ったように笑った。

「レオナール様とその話はしましたけど、なかなか人がいないんですってね」

「⁉　えっ、もうその話を……」

「はい。とはいえ、その……なかなかいない中で選んでくださった方から……選ばなければいけなくなるんじゃないかなぁ～……って……」

今度はヴィクトルが驚いて声をあげる。

「えっ、それで……それでいいんですかね？」

「えっ？」

一体ヴィクトルは何が言いたいのだろうかとフィーナは首を軽く傾《かし》げた。彼の質問をどういう意味でとればいいのかと、じいっと見ている。

「他に、何か？」

「えーっと」

ヴィクトルは呻《うめ》いた。彼も本当は、レオナールの恋愛《れんあい》について口を挟《はさ》もうとは思っていなかった。だが、どうにもレオナールの動きがないことに焦《じ》れて、ついぽろりと問いかけてしまう。

「いや、その……たとえば、レオナール様なんてどうですかねぇ？」

言った。ついに言ってしまった。が、それにフィーナは即答《そくとう》する。

「レオナール様にとって、何の良い点もありませんよね？」

「うっ⁉」

あります、と言い切れずにヴィクトルは口をへの字に曲げた。そう言われればそうなのだが……と困惑《こんわく》の表情になる。

「何もないので……あの、わたし、ヘンリーが成人するまでは、ここにいたいってお伝えしたんです」

「ここ……レーグラッド領に？」

「はい。なので……万が一にレオナール様がそのう、いえ、さすがに何のプラスにもならない話なので、でもまあ万が一にでもそういうお話をいただいたとしても……」

「ああ」

それは確かにそうなのだ。レオナールと結婚をしてヘンリーが当主になるまで、レーグラッド男爵《だんしゃく》領を一時的にハルミット公爵領としていても。ヘンリーが当主になるには年数がかかる。その間、フィーナがここにい続けるわけにもいかないだろう。何故《なぜ》なら、彼女は彼女で跡《あと》継《つ》ぎを産まなければいけなくなるだろうし。

「わたしとしては、お断りをするしか……あれっ？」

笑ってフィーナはそう言ったが突然《とつぜん》ほろりと涙《なみだ》が零《こぼ》れる。ヴィクトルは驚いて「フィーナ様!?」と叫《さけ》んだが、フィーナは「あれ？　なんでしょう、これは」と言い出す始末。

「なんでしょう。わたし。どうして泣いているんでしょうか。不思議ですね……」

「フィーナ様、あの」

「ああ、びっくりしました……」

そう言いながらフィーナはやはり笑うのだが、涙は止まっていない。ヴィクトルは「ちょっと待っていてください」と言ってその場を離《はな》れようとする。だが、フィーナは「駄《だ》目《め》！」と何かを察して立ち上がり、彼に追いすがった。

「大丈夫《だいじょうぶ》です。何でもないですから。なので、あの……」

「そんな……」

「ですから、あの……レオナール様には言わないでください……お願いですから……」

「ええ〜、待ってくださいよ」

先日鉱山から帰って来た時の馬車の中でもそうだったが、レオナールもフィーナも自分のことをなんだと思っているんだ、とヴィクトルは思う。

「しかし、これ……」

もう、フィーナには答えが出ているではないか、と思うヴィクトル。レオナールとフィーナの結婚話が万が一にもあがったら、自分は断る、とフィーナははっきりと言った。だが、泣いている。誰《だれ》が見ても答えは出揃《でそろ》っている。ところが、次にフィーナの口からはとんでもない言葉が出て来た。

「黙《だま》っていてくださらなかったら」

「はい」

「ローラに手を出したことを、レオナール様に言いますよ」

「はあっ!? だっ、黙ります！ いや、違《ちが》う！ 誤解です！ まだ手は出してない！」

一瞬《いっしゅん》で立場が逆転してヴィクトルはヒッ、と背筋を伸《の》ばした。いや、そうではない。誤解だ。しかし……と思いつつも「うう……」と苦々しい面持《おもも》ちだ。

「誤解？ 本当に？」

「ほ、ほ、本当ですってば……すいません、あの、ちょっとそれ……レオナール様には内緒《ないしょ》に……」

今度はヴィクトルが頭を下げる番になってしまう。何故かフィーナは涙を拭《ぬぐ》いながら鼻息を荒《あら》くして「わかりました。でも、ローラのことはどう思っているんです？」と聞いて来る。

（やべぇ。バレてる……！）

ローラに手を出してはいない。まだ。正確には、出しそうだった。だが、十分に周囲の様子を見ていたはずなのに、一体どこでフィーナは嗅《か》ぎつけたのかとヴィクトルは焦《あせ》る。

（まじで、めちゃ警戒《けいかい》してたのに、どうしてこの人が知っているんだ……!?）

「違いますって……ちょっと可愛《かわい》いなーって……うう……いやあ、その……立て直し先では、そういうことはその……」

「そういうこと、というのは？」

ヴィクトルは曖昧《あいまい》な笑いを浮《う》かべた。フィーナも曖昧な笑いを浮かべて「では、そういうことで！」とねじ込んでくる。先程《さきほど》泣いていたのはなんだったんだ、と言いたくなったが、仕方なくヴィクトルは「わかりました」と嫌々《いやいや》約束をした。

（レオナール様〜！　フィーナ様は多分その気がありますよ〜！）

そう脳内で叫んでも、それはレオナールには届かないのだった。

第七章　プロポーズ

感謝祭は終わり、マーロの実家の商団に属しているという商人がやってきた。セダの実をあく抜《ぬ》きしたものを食べ、やはりこれはヌザンではないかということになり、直接山林を見に行くことになった。

マーロとヴィクトルにそれは任せ、レオナールは室内で仕事をしていた。街道《かいどう》の整備も進み、外との流通が以前よりも増した。だが、裕福《ゆうふく》ではないレーグラッドの領民からの儲《もう》けは少ない。それでは、折角街道の整備が進んでも二度目三度目はない。よって、当分は街道の通行料は取らずに行き来してもらうことにして、街道の関所では食事の補助券を出して、宿屋に泊《と》まる者に一泊《いっぱく》分の補助を出すことにした。

それから、領地内の税率の見直し。それから。次から次にと出て来る内容は、それひとつで完結しない。必ず何かと密接な関係になっている。そのバランスをとりながらも、現在のバランスを変える。それらの試算は未《いま》だにヴィクトルとマーロには頼《たの》めない。フィーナは数値に弱いとは言っていたが、最終的には目を通してもらって話をしなければ、と思う。

（昨晩、フィーナ嬢《じょう》は食事の席を共にしなかったが……）

感謝祭が終わって、花をどうしようだとかあれこれ片づけをしなければいけなくて、食事の時間に彼女は間に合わなかった。そのまま会わずに今日になり、朝は珍《めずら》しく彼女が寝《ね》坊《ぼう》をしたのでまた食事を共に出来なかった。

（今頃《いまごろ》部屋で執筆《しっぴつ》をしているかな）

とりたてて、用事がない。仕方がないのでレオナールも静かに邸内《ていない》にいるが……と、窓をかつん、かつん、と何かが叩《たた》く音がする。レオナールは慌《あわ》てて立ち上がり、窓を開けた。

すると、ヴィクトルの「鳥」が入って来る。

「ああ、ありがとう」

鳥に礼を言って、足につけられた文《ふみ》を外すレオナール。それから、その鳥を腕《うで》に乗せながら部屋を出て、ヴィクトルの部屋まで連れていく。人に慣れている鳥は暴れもせずにおとなしい。

「疲《つか》れただろう。十分休むといい」

そう言って、部屋に置いてあるケージのひとつを開ければ鳥は入っていく。水も餌《えさ》もあることを確認《かくにん》して「ヴィクトルはさすがだな」と思いつつレオナールは自室に戻《もど》った。

「予想以上に、返事が早かったな……」

それから、彼は手元の資料の確認を終えると、レーグラッド男爵邸から一人で馬に乗って出掛《でか》けたのだった。

「初めまして。フィーナ・クラッテ・レーグラッドでございます」

マーロたちが戻ってきた時、レオナールは不在にしていた。おかしいな、と思いつつも、フィーナは商人と面会した。

「初めまして。ボルナン・ニッセルと申します。マーロ様のご実家の商団で働いております」

三十代後半ぐらいの男性が一人付き人をつけて訪《おとず》れる。執務《しつむ》室ではなく応接室での会談となった。

「実を拝見させていただきました。結論から申し上げますと、我々が知っているヌザンの実で間違《まちが》いないですね」

「そうだったのですね」

「そして、正しいあく抜きの方法をとるには、まず一ヶ月干さなければいけません。今日までにあく抜きをしていたものは一週間しか干していなかったので、干しが足りませんね。ですが、それなり以上の味にはなっている様子ですし。また、実が採れる場所を拝見しましたら、いや、なかなかたくさんあって」

「そうですね。ほぼ男爵領地《だんしやくりようち》と言いますか、地域の中でも特に誰が管理しているわけではない山林にあるようで。自生をしているんです」

「実は、自生をしているヌザンの実というものは、なかなか貴重でして」

「えっ？」

その先はマーロが説明をする。

「地質の問題だと思うんですよ。ヌザンの実は現在高値で売り買いされていますが、それはみな植えて管理をされているものです。レーグラッド男爵領のように、放置して自生のままでいることの方が稀《まれ》だという話で」

「そうなんですか。それは何か問題が？」

「逆です。良い意味で」

ボルナンは苦笑いを見せる。

「天然ものとしての売り出しが出来るのは、とても重要です。そうですね。たとえば両手の平で掬《すく》えるぐらいの量を基本にして……」

ざっくりとした試算をするボルナン。あく抜きに一ヶ月以上かかるものの、そのほとんどは干す工程。流水に浸《つ》ける仕組みを作って管理をする分を上乗せしても……と計算をした。

「これぐらいの金額になるんじゃないかな。少なくとも、我々はこれで千は売ります」

「ええっ？　ゼロがひとつ多くないですか？」

「多くないですね」

フィーナはぽかーんと口を開けてマーロを見て、ヴィクトルを見る。マーロとヴィクトルも、ほぼぽかーんとしてフィーナを見たので、ああ、二人共初耳だったのだなと思う。

「いや、もしかしたらもう少しあがるかもしれないなぁ〜……なんにせよ、それには流水にさらすための仕組みを作るところからでしょうが、それは川辺に作れば良いですし、木灰《もっかい》も困らないほどは山林に枝葉が落ちているようですし……どうでしょうか。一ヶ月半経過したらもう一度こちらに顔を出しますので、それまでに試作していただけませんか。勿論《もちろん》、出来上がりの状態を確認して、それなりに買い取りますよ」

「いいのでしょうか」

「はい。当然のことですが、時期もそれなりにありますし、人手も必要になるでしょう。なので、まずは百から。その程度であれば、間違いなく商人間の取り交《か》わしだけで、国を通さなくてもいいですしね」

「わかりました。百ですね。まず、それを目指して作ってみます」

「よろしくお願いいたします」

「いえ！　それはこちらのセリフです。よろしくお願いいたします」

「では、契約書《けいやく》を作成しますね」

その間に、とフィーナは部屋を一旦《いったん》出て、鉱石を取りに執務室に向かった。執務室には金庫があるので、そこに入れておくことにしていたのだ。

（セダの実には時季がある。年に一度、二ヶ月程度。それでも、今の時点で百作ってあの金額なら、まず実を採って、皮むきや干す作業、選別作業などに人々を雇《やと》っても十分にプラスになるわ……）

仕事がなくて手が空いている女性たちも多い。いや、本来は女性たちの手が空くのは良いことなのだが、夫となる男性の収入も未だに低いのだ。更《さら》に、あの山林はレーグラッド男爵領であり、それ以外の誰《だれ》のものでもない。となれば、使用料もいらないし、売れた分の利益はほぼ金策に充《あ》てられる。そんなことを考えながら鉱石を持って来る。

「お待たせいたしました」

「いいえ、こちらこそ……わあ、それが話に聞いていた深紅玉石《しんくぎょくせき》ですね？　これはちょっと厳しいなぁ～……あっ、厳しいっていうのは出来ないって話じゃないんです。その、今の懐《ふところ》では」

「ええっ？　でも、今の懐で良いので、買い取っていただくことは出来ませんか？」

「いやあ……これ……」

マーロが口を挟《はさ》む。

「ボルナン」

「わかりました。わかりましたよ。マーロ様。その代わり二回払《ばら》いでお願いします。今回の懐ではちょっと厳し過ぎて。先程《さきほど》のヌザンの実の納品の時に、二度目のお支払いという形にしていただけたらと思います」

とんでもない話になってきた、とフィーナたちが困惑《こんわく》していると、ちょうどレオナールが戻ってきた。

ボルナンからは一度目の支払いということで、かなりの金額がフィーナの前に積まれた。驚《おど》きで口が開いてしまって「閉めなくちゃ！」とぎゅっと閉じるが、また暫《しば》くすると「ふわぁ」と声が出て口が開いてしまう。その様子を見てヴィクトルは片腹を抱《かか》えて笑いを堪《こら》えていた。

「カーク、金額を確認してくれ」

レオナールに呼ばれてカークが契約に立ち会うことになった。レオナールたちはレーグラッド男爵領の人間ではないので、ということだ。

「はい。確かにございます。また、契約書も確認させていただきました」

フィーナが契約書にサインを書いて、それで話は終了《しゅうりょう》だ。

「はい。では、これでそれぞれのサインが終わりました。一ヶ月半後、また参りますので、その時までに百、ヌザンの実を整えておいていただけますと助かります。どのような形にするかはお任せいたします」

「かしこまりました」

レオナールは深紅玉石についてボルナンに尋《たず》ねた。

「今日買い取った分はどうするのだ？　エーレント公国では石を研磨《けんま》しないだろう？」

「はい。おっしゃる通り。エーレント公国では、国の石として大切にされて宝飾品《ほうしょくひん》としての研磨が出来ないんですよ。なので、こちらは研磨をして、それはそれは、あれこれと手を尽《つ》くしてお高く売ろうかと」

そこでボルナンは悪い顔をした。レオナールは「なるほど」と笑って「マーロの家の商団は、なかなかえげつないな」と言った。「恐縮《きょうしゅく》です」と答えるマーロに、ヴィクトルが「褒《ほ》めてねぇよ」と言うが「褒め言葉だと思っておきます」と譲《ゆず》らない。

「ボルナンさん、ありがとうございます。まだ本当なのかと思ってしまうのですが……こうしてお金をいただいたら、少し実感が湧《わ》いて来ました」

「金は金だしな。他《ほか》にマイナスが出ている分、これで補ってくれ」

レオナールが言う「他にマイナス」は、立て直しに際して何もかもがプラスになっているわけではないからだ。特にこの初年度に投資をしようとすれば、どうしてもそこがマイナスになってしまう。出来るだけそうしないようにしているが、この先の予定を計算すると、どうしても一時的にマイナスになってしまう。それに、彼らの立て直しは、何もかも問題がなく動いているわけではない。

「そうですね。何にせよ、セダの実については、流水にさらす場所を選ばなければいけないし、そのための仕組みも作らないと。それに、鉱山だって鉱石をどこまで掘《ほ》り出せるようになるかまではまだわからないですもの」

「そうだな」

「お金をこんなにいただいても、まだまだ問題がありますね。でも、それでもこんなに良い知らせをいただけるなんて、本当に良かった！」

マーロはボルナンと話があると言い、付き人も含《ふく》めて三人で町に向かった。ヴィクトルは「報告書作っときます」と言って部屋に戻《もど》る。フィーナはカークに「鉱石と契約書を執《しっ》務《む》室の金庫に入れて」と頼《たの》み、ふう、と小さく溜息《ためいき》をついた。

「フィーナ嬢《じょう》。ちょっと話があるんだが」

「あ、はい」

「部屋から物をとってくるので、あなたの部屋で」

「はい、わかりました」

フィーナは「部屋から物をとって来るってことは、きっと先日わたしが書いたものの話に違《ちが》いない」と思いながら部屋に戻った。


「失礼する」

レオナールは手に花束を持ってフィーナの部屋に入って来た。なんだそれは、とソファに座っていたフィーナは軽く首を傾《かし》げる。

「遅《おそ》くなって申し訳ない。昨日の、感謝祭の焼き菓子《がし》の」

「いくらなんでも花束だなんて」

本来は焼き菓子を子どもに渡《わた》して、その代わりに花を手渡《てわた》してもらうだけのものだ。なのに、どうしてこんなことになっているのかとフィーナは怪訝《けげん》そうに言う。

「それは、これだ」

見れば、花束だけではなく一輪の花もレオナールは持っており、それを差し出す。

「えっ？」

それならば……と、フィーナは受け取った。礼を言う間もなく、花束が気になって仕方がない。

「そちらの花束は？」

「これはまた別だ。受け取ってくれ」

「え？」

よくわからないが、少し難しい表情のレオナール。花束を上から差し出されて、フィーナは腰《こし》を浮《う》かせた。だが「座ったままでいい」と言われ、困惑しつつそれを受け取る。

どうやら、花は町で購入《こうにゅう》をしてきたようだが、一体何だろう。悩《なや》むが、答えがまったく見えない。誕生日でもない。まさか鉱石が売れておめでとうでもない。何だろう。しばらく、フィーナは花を見て、それからレオナールを見て、再び花を見る。

「これは、何ですか？」

レオナールはフィーナの向かいに座って、まっすぐ彼女を見た。それから、何かを言おうとして躊躇《ためら》いの表情になる。ますます、何の話かとフィーナは疑念を抱《いだ》く。

「あの……？」

「フィーナ嬢」

「はい」

レオナールは眉間《みけん》に皺《しわ》を寄せて、腕《うで》を組んで首を横に傾げた。彼のそんな思わせぶりな態度は珍《めずら》しい。

「レオナール様？」

「……わたしは、あなたのことが好きだ」

「？」

突然《とつぜん》の言葉をフィーナは理解出来ず、ただ話の続きを待つ。やがて、彼は少し落ち着いたようで、先程よりも穏《おだ》やかに尋ねた。

「あなたさえよければ、わたしと結婚《けっこん》をして欲しいのだ。どうだろうか」

「え……？　誰《だれ》と誰が……？」

好きだ。結婚して欲しい。それらの言葉すらよく意味がわからず、素直《すなお》に尋ねるフィーナ。

「わたしと、あなたが」

「レオナール様と、わたしが？」

「そうだ」

「ど、どうだろうか、って……？」

フィーナはぽかんとした顔でレオナールを見る。レオナールは何も特別なことを言っていないような顔で続けた。

「勿論《もちろん》、あなたがわたしを好きでなければ……いや、それでも、わたしはあなたがいいな。わたしの手元に来た、あなたに婿入《むこい》りをする人々の候補を見たがどれも酷《ひど》かった。それでも、あなたはその誰かを選んで結婚をするのだろうと思う。だったら、わたしと結婚をして欲しい。これはわたしの勝手なのだが……」

「え、え、え……」

花束を受け取ってしまったものの、話がまったくわからない。一体どういうことなのだろうか、とフィーナは息を吞《の》む。レオナールから出される情報が予想外過ぎて、簡単な内容のはずなのに、何故《なぜ》か咀嚼《そしやく》をするのに時間がかかってしまう。

「待ってください……あのっ……あの、同情してくださっているのはわかります。でも、だからって」

「同情？」

その言葉にレオナールは目を細める。

「同情ではない。愛情だが……？」

「ふあああああ⁉」

フィーナは花束を抱《だ》きかかえ、顔を伏《ふ》せた。ソファに座ったまま膝《ひざ》を抱《かか》えて丸まって、どうしたらいいのかがわからなくなる。

「どうして？　なんで？　わたしのことを……？」

好きだと言うのだろうか。そんなとんでもないことがあってもいいのだろうか。つい、呟《つぶや》きが口から漏《も》れる。ばくんばくんとフィーナの鼓動《こどう》が高鳴る。

（ああ、わたしったら……本当は）

とっくに、自分もそうだったのだ。自分も、彼のことが好きだった。だが、そんなことを口にすることは出来なかったし、したとしても土台無理な話だと思ってもいた。だから、

あえて蓋《ふた》をして。なのに、どうしてこんなに簡単に彼はそれを乗り越《こ》えて来るのだろうかと思う。

「どうだろう？」

「いいえ……いいえ、それは……」

お断りします。そう続けたいが、どうしてもその言葉が出ない。出さなければ、と思っていても、その残酷《ざんこく》な言葉を彼女は口に出来なかった。頭を下げたまま、しばらく悩む。

（決めていたのに。ヴィクトル様にはああ申し上げたのに、わたしったら……！）

彼から好きだと言われ、自分でも彼を好きな自覚が大きくなり、フィーナの胸の奥を熱くする。だが、自分と結婚をすることは、彼にとって何もプラスにはならないだろうと思う。フィーナは困り果てて、更《さら》にぎゅっと体を丸めた。すると、レオナールはハッとなって、

「大丈夫《だいじょうぶ》か。具合が悪いのか」

と、向かい側から身を乗り出し、彼女の肩《かた》にそっと手をかける。

（ああ、この手は……）

もう駄目《だめ》だ。フィーナは耳まで真っ赤にしながら「悪くないです……」と呻《うめ》いて、しばらく彼を困らせる。

（そうだわ。この手。この手があの日、わたしを助けてくださったんだわ）

あの夜、自分を何度も何度も撫《な》でてくれていた手。別に彼でなくともそうしてくれたのかもしれないが、あの時、共にいたのは彼だったのだ。

（どうしよう。わたし、レオナール様が）

自分はレオナールが好きだ。ようやくそれをはっきりと、誰に言うわけでもなく理解をする。どうしてなのかと問われれば困るが、もう心に嘘《うそ》はつけない。憧《あこが》れの人だったからだろうか。それとも、あの夜助けてくれたからだろうか。自分を認めてくれたからだろうか。それもある。だが、それだけではない。

それだけではないが、ただ、好きなのだ。それ以上に自分の想《おも》いを言葉にすることは難しいとフィーナは思う。花束を抱えながらちらりとレオナールを見れば、彼は手を引いてソファに座り直した。

「あまりそういうことが得意ではないんだが……まず、花束を贈《おく》った女性は初めてだ」

「ひえっ……」

「それから、同じお守りを持ってくれていることも、嬉《うれ》しかった」

「えっ？」

一体誰からその話が。マーロか？　それとも。フィーナは混乱をしていたが、レオナールの言葉は続けられた。

「結婚の申し込みをしたのも初めてだ。あなたの婿にはろくな候補がいないという話をしたが、ろくな候補がいても申し込んでいたな……要するに……やはり、わたしはあなたが好きだということだ」

「！」

「あなたが、わたしの立て直し後の様子を追って、健気《けなげ》に領地経営に打ち込んでくれた様子が好きだ」

「そ、それは、その」

「それから、あなたが、家族を、使用人たちを愛している姿も好きだ」

「うう、う」

「何より、あなたの笑顔《えがお》が好きだ。わたしの隣《となり》で、笑っていて欲しい」

尋《たず》ねたのは自分だ。だが、その答えを直接聞くのは思っていた以上に威力《いりょく》があり、フィーナは最早《もはや》、息も絶え絶えの状態になってしまった。

レオナールは真剣《しんけん》な表情でフィーナを見ている。彼の言葉に嘘がないことがフィーナに伝わる。何より、彼はこんなことで冗談《じょうだん》を言う人物ではない。しかし、フィーナは首を横に振《ふ》った。

「ですが……わたしに公爵《こうしゃく》夫人なんて、務まりません……」

「何故だ？」

「何故って……そもそも、ハルミット公爵領に行くなんて……」

「行かなくて良い」

「え？」

　レオナールの言葉に驚《おどろ》いて、目を見開くフィーナ。

「ヘンリー殿《どの》が成人するまで、ここにあなたはいれば良い」

「ええっ……？　でも、ハルミット公爵家は……？」

「わたしは立て直し公として、まだ一、二年は国内を飛び回るだろうが、レーグラッド男爵領の当主代理人としてここに戻《もど》って来よう。わたしがいない間は、あなたに任せられるようにしたい」

　あまりに意外な言葉に、フィーナは動揺《どうよう》をする。

「わたしの親にも既《すで》に了解《りょうかい》を得ている。問題ない。ハルミット公爵家は当分父に任せようと思っている。ありがたいことに、父はまだまだ元気でな」

「でっ、でも……」

「そして、ヘンリー殿が成人しても、年に何ヶ月かはこちらに留《とど》まれば良い。ハルミット公爵家は、あなたを縛《しば》らない。公爵邸《てい》の管理は執事《しつじ》に任せればよい。社交界だって無理はせず、わたしが共に行ける時だけで構わない」

　そんな、自分に対して都合が良いことばかりを並べ立てるレオナールに、フィーナは呆《ぼう》然《ぜん》とする。

「だが、あなたが、わたしを好きでなく……他《ほか》の候補を選び、わたしとの結婚《けっこん》を拒《こば》むというならば、それは、仕方がない話だ」

「……！」

違《ちが》う。そんなことはない。レオナールのことを自分は好きだ。だが、それを言ってしまっては……と拒む気持ちを、彼はひとつずつ解きほぐしてくれた。

（ああ、わたし、本当に良いのかしら……こんな、夢のようなことがあるのかしら）

ここまで言われて、断る理由が最早ない。どうしよう。うまく言葉が出ない……そう思いながら、恐《おそ》る恐る返事をしようと試みた。

「あの、わたし……お、お受けいた……」

と、ちょうどその時ノックの音が響《ひび》く。

「お嬢様《じょうさま》、よろしいでしょうか。レオナール様に書簡が届きまして……ご一緒《いっしょ》にいらっしゃるとお話を聞いていたのですが」

カークの声。舌打ちをしてレオナールは立ち上がった。実にそれは彼らしくないことだったのだが、フィーナはそれに気付いていない。レオナールは扉《とびら》を少しだけ開けてカークに「ありがとう」と言って書簡を受け取る。だが、カークはそのレオナールの様子に驚き、すぐには退《ひ》かずに震《ふる》える声で尋ねた。

「あ、あの……まさかフィーナ様に……その……いやらしいことを……!?」

それへ、レオナールは冷静にきっぱりはっきりと返事をした。

「違う。プロポーズ中だ」

「!?」

問答無用で扉をパタンと閉められて、カークは目を丸くした。プロポーズ中。プロポーズ中……。

「プロポーズ中!?」

扉の外でカークが叫《さけ》ぶ声が聞こえるのとほぼ同時に、レオナールはフィーナに「どうだろうか?」ともう一度尋ねた。ソファに座り、書簡をテーブルの上に置く。

「あっ、あの……」

一度止めてから、また言葉にすることはいささか難しい。フィーナはレオナールを見た。

絡《から》む視線に呼吸が止まりそうになったが、彼の真剣な表情に心が打たれる。

(こんなにまっすぐ、わたしを見てくださるなんて)

フィーナは胸の奥がじんわり熱くなっていくことに気付き、ほっ、と息を吐《は》き出した。

ああ、この人は本気なのだ……そう思えばフィーナもようやく落ち着き、心を決めた。

「レオナール様」

「うん」

「わたしも……」

レオナール様が好きです。そう言おうとするが、やはりうまく言葉にならない。花束に顔を埋《うず》めるように伏《ふ》せて、ぽつぽつとフィーナは話し出した。

「最初は、立て直し公に憧れていました」

「うん」

「でも、今は、それだけじゃなくて……レオナール様の、厳しいところも、真面目《まじめ》なところも、優《やさ》しいところも、ええっと、言葉がたまに足りないところも……でも、やっぱり優しいところも、全部……」

顔をあげて彼を見るフィーナ。それだけは、彼の目を見て言わなければ、と思ったからだ。

「好きです……大好きです……！　わ、わたしを、お嫁《よめ》さんにしてください！」

その言葉を受けて、レオナールは目を見開いた。

「……ああ。大事にする」

「わ、わたしも、その、大事にします！　……あっ、そうじゃなくて、えっと」

するりとフィーナは立ち上がると、少しばかり慣れぬカーテシーを見せた。それは、挨《あい》拶《さつ》であって挨拶ではない。目上の者からの指示を公《おおやけ》の場で受ける時に見せるものだ。彼女は男爵《だんしゃく》家の長女として、あるべき形で正式に「ハルミット公爵からのプロポーズ」を受理した。

「フィーナ・クラッテ・レーグラッド、レオナール・ティッセル・ハルミット様からのプロポーズをお受けいたします」

「ああ……そうだな。改めさせてくれ」

それを見たレオナールもまた、ソファから立ち上がると片膝《かたひざ》を突《つ》いた。彼女のカーテシーを受けて、目上の立場として振る舞《ま》いたいわけではない。だが、それは彼女が正式な受理をしてくれていることへの、彼からの誠意だった。

「フィーナ・クラッテ・レーグラッド。わたしと、結婚していただけないだろうか」

「はい。喜んで！」

レオナールが片手を出せば、そっとフィーナは戸惑《とまど》いながら彼の手に自分の手を乗せる。

「慣れないのだが、形式通りで構わないか……？」

「はい」

レオナールは彼女の手の甲《こう》に口付けを落とした。それが、プロポーズの証《あかし》だ。そっとその手を引いたフィーナは、嬉《うれ》しそうな、恥《は》ずかしそうな表情で自分の甲に口付けをする。

そして、もう片方の手でそれをそっと覆《おお》って「嬉しいです」と小さく呟《つぶや》いた。

「ありがとう……なんだ、これは……その……嬉しいものだな」

はにかむような笑みを浮《う》かべるレオナール。彼のそんな表情を見たことがなかったフィーナは、本当に彼は自分を好きなのだ、そして、プロポーズをしてくれたのだ、と心が満たされる。

（ああ、本当にこんなことがあるなんて……！）

何かを伝えなければ、と必死に口をぱくぱくとさせたが、うまく言葉が出ない。

「あの、あの……わたし、わたしも、嬉しいです……！」

ようやく口から出た言葉は、ありきたりのものだった。だが、それ以上の言葉は必要がないと思える。フィーナは感極《かんきわ》まって胸元《むなもと》で手を握《にぎ》りしめる。

すると、立ち上がったレオナールは、一度軽く咳払《せきばら》いをした。

「それでは」

「？」

レオナールはドカドカと扉に近づいて、勢いよく開けた。そこには、まだカークがおろおろとしている。

「カーク、プロポーズは成功した。みなに知らせてくれ」

「ええっ⁉」

カークは扉から顔を覗《のぞ》かせてフィーナを見た。彼を見たフィーナはついに泣きだし、長年自分を支えてくれた執事《しつじ》の名を呼んだ。

「カークうううううう‼」

「お、お嬢様《じょうさま》ぁぁぁぁぁぁ!!」

「わ、わたし、わたし、お嫁に行けることになってしまったわ……!!」

「お、おめでとうございます!!」

執事とお嬢様は互《たが》いにおいおいと泣き出した。レオナールは二人を放《ほう》ったまま別の侍女を呼び、花瓶《かびん》を所望《しょもう》した。その侍女も「一体何が？」と怪訝《けげん》そうな顔をしていたので、レオナールが「プロポーズを受けてもらって」と告げる。こうして、あっという間にレーグラッド男爵邸《てい》の人々は、レオナールのプロポーズをフィーナが受けたと知って、あれよあれよという間に話が広まった。

後ほどその話を聞いたマーロは「レオナール様って、そういうとこありますよね……」と呟き、ヴィクトルは「汚《きたな》いんだよな。やり方が」と言いながら、心からの祝福をしたのだった。

エピローグ

あれから数日、レオナールたちは日々の視察やあれこれを行っており、忙《いそが》しい日々を繰《く》り返していた。特に、川辺に盛土をして氾濫《はんらん》に備える作業は時間が足りず、増員をした。レーグラッド男爵領の懐具合《ふところぐあい》が潤《うるお》った直後の話でよかったと思う。

「鉱石の件は国を経由してエーレント公国に通達がいったようですね。採掘《さいくつ》の手配をしました。周囲の岩の強度もそれなりにあるので、鉱山としてそのまま掘《ほ》り進めていっても問題はないとのことです」

「うん。ほどなくエーレントから視察申し込みが来るだろう。それまでに採掘出来ていれば良いのだがな」

「調査員の見込みでは、角度や地質の様子から見るとそう時間はかからないという予測ですが」

「そちらは任せた。それから、レーグラッド男爵領に戻《もど》る人手の受け入れだが」

先日フィーナにプロポーズをしていた時にやってきた書簡は、王城方面に連れていかれていた材木関係の職人を数割戻すという話だった。突然《とつぜん》戻されても、こちらには現在丁度良い仕事がない。伐採《ばっさい》は今は止めているし、伐採をしたとしてもそれを加工して行商に出る商人も不足している。戦《いくさ》が始まる前に来ていた商人たちは街道《かいどう》整備を行ったので再び来るようになったが、大きな木工用品を購入《こうにゅう》するような者たちはいないように思う。

「試作としてヌザンの実を入れる箱を作らせようと思っている。ついでにその箱に絵を描《えが》くため、絵付け職人にも復帰してもらって……あの買い取り金額を見たら、普通《ふつう》のヌザンの実よりも高価なことはわかったし、ならば更《さら》に付加価値をつけようかと」

「なるほど」

「まず二十程度。失敗しても構わないので、それを用意してもらおうと思っている。それと、小さいヌザンの実は飴《あめ》をかけて菓子《かし》にしたらどうかとフィーナ嬢《じょう》から提案があって、それも試そうかと」

と話をしていると、ノックの音がした。

「どうぞ」

「失礼いたします」

フィーナの声だ。一瞬《いっしゅん》でレオナールの背筋が伸《の》びる。ヴィクトルとマーロは互いに目配せをした。

「我々の用事は済んだので、これで！」

「がんばって、ください」

マーロが小さく励《はげ》ませば、フィーナは笑って「はい！」と答えた。ちゃんと意思疎通《いしそつう》が出来ているのかどうかは怪《あや》しかったが。

「レオナール様、そろそろヘンリーとお会いするお時間に」

「ああ」

二人は共に部屋を出た。離《はな》れに向かって歩きながら、あれこれと話をする。

「感謝祭前にお守りを渡《わた》しに行った時は、やっぱりまだヘンリーは眠《ねむ》っていて、話せなかったんです。でも、ここ数日は調子が良いみたいで。お医者様も、いい調子だとおっしゃっていました」

「そうか。あまり疲《つか》れさせないようには気をつけよう。プロポーズの件も直接言えそうだし、少し待っていた甲斐《かい》があったな」

「はい……あっ、そういえば、思い出しました！　プロポーズをしていただいた時……お守りが云々《うんぬん》とおっしゃっていましたよね……？」

「うん？　ああ、すまない。あなたが眠っていたのを起こした日に見てしまって……」

フィーナは言いづらそうに、だが、誤解を解かなければいけないと思う。

「あれは、そのう……偶然《ぐうぜん》でして……」

「んっ⁉」

レオナールは怪訝そうな表情になる。

「その、女性用がひとつ足りなくてですね……最後のひとつに残っていたものが、あれでして……女性用がひとつ足りず男性用がひとつ多くて……それで、騎士《きし》団で余っていたひとつが、たまたまレオナール様のものと同じ色合いで……あれをわたしが手に入れたのは、本当に偶然だったんです」

「何？」

それは早合点《はやがてん》をした、とレオナールは恥ずかしそうな表情をちらりと見せた。

「そうだったのか……その、同じものをわざとあなたが買ったのかと、少し勘違《かんちが》いをしてしまったな……」

フィーナは「ふふ」と笑ってから、少しばかり意地が悪いことを言う。

「レオナール様におかれましては、わたしが眠っている間に、あれやこれやを探《さぐ》るのを止めていただきたいのですけど」

だが、売り言葉に買い言葉で、それには決して負けない反論があった。レオナールも笑いながら言葉を返す。

「あなたが眠っている間にノートを持ち出したから、今があるように思うが」

「うっ、それは確かに」

「許せ。今後は、出来るだけあなたに直接聞く」

「はい。そうしてください。わたしも何かあればきちんとレオナール様に聞きますから！」

フィーナが「あ、領地経営以外のこともです」と付け加えれば、ちょうど離れに着いた。

「初めまして。ヘンリー・カトラス・レーグラッドです」

ベッドの上であるが、上半身を起こしたヘンリーとレオナールが挨拶《あいさつ》を交《か》わした。フィーナにとっても喜ばしいことだ。ヘンリーは金髪《きんぱつ》に碧眼《へきがん》、フィーナによく似ていた。

「僕が寝込《ねこ》んでいる間に、レーグラッド男爵《だんしゃく》領の立て直しをしてくださったとのこと、お聞きしました。ありがとうございます」

「ああ。まだ先は長いが、少しずつ形になって来ている。ヘンリー殿《どの》には、ゆっくりと静養をしていただき、動けるようになったら領主になるための勉学に励んでいただければと思っている」

「それなんですが……」

「うん」

「姉上に、レーグラッドを任せることは出来ないでしょうか」

ヘンリーのその言葉に、付き添《そ》いのアデレードもフィーナもどちらも驚《おどろ》く。勿論《もちろん》、レオナールも目を見開いた。

「ヘンリー！　あなた、何を言って……」

アデレードの言葉を、手の平をあげて制するレオナール。

「うん。それもいいと思う。だが、今のこの国ではなかなか女性領主を担《かつ》ぐのは難しい。そうするにも、時間がかかると思う。どちらにせよ、君には学びの時間が必要だ。君が成人する頃《ころ》まで、フィーナ嬢が変わらず当主代理を務めるか、それともわたしが務めるかはまだわからないが……何にせよ、君は君で、領主を務められるほどの力をつけて欲しいんだ」

「……ハルミット公爵が、当主代理を務める……？」

ヘンリーはぽかんとした顔でそう言って、それからアデレードを見て、それからフィーナを見た。アデレードも「それって……」と驚きの表情を見せる。

「あの、あのね。その……レオナール様に……プロポーズをしていただいたのです……」

恥《は》ずかしそうに、だが、嬉《うれ》しそうにフィーナが言うと、アデレードは「まあ！　まあ、まあ、まあ……」と言って涙《なみだ》ぐむ。

「本当なのですか。ハルミット公爵様」

「はい。フィーナ嬢にプロポーズを受けていただきました」

「そんな……そんなことが……」

「フィーナ嬢には引き続き、こちらにいていただけるようにと思っております」

それへ、ヘンリーが明るい声をあげた。

「僕に、お義兄《にい》様が出来るの!?」

「ああ、そうだ」

「すごい！　じゃあ、じゃあ、僕の勉強も見てくださいますか……?」

「そうだな。わたしがいる時は、それもいいかもしれないな」

ヘンリーが嬉しそうに笑い、レオナールは彼の頭を撫《な》でた。アデレードが「おめでとうございます」と言えば、ヘンリーも慌《あわ》てて「おめでとう、姉様！　公爵様！」と祝いの言葉を述べる。

フィーナはずっと恥ずかしそうに微笑《ほほえ》んでいたが、最後には「これ、本当に本当に、夢じゃないかしら……」と言い出した。それへレオナールは苦笑いを見せる。

「夢ならば、またプロポーズをするだろう。何度でも花を渡そう」

「まあ。それも嬉しいですけど、お花を生ける花瓶《かびん》が足りなくなってしまうわ」

と言ってフィーナが笑えば、みな笑顔になった。

さて、それからのレーグラッド男爵領はと言えば、エーレント公国と深紅玉石《しんくぎょくせき》の専売契《けい》約《やく》を結び、また、ヌザンの実は自生かつ最高級の品質のものとして、どちらも他国への輸出という形で金を得た。しかし、植え始めた作物はまだまだ先の話でどうなるかわからないし、王城から戻《もど》ってきた職人たちに定職を与《あた》えることも難しく、まだ問題は山積みだ。

とはいえ、金策として他国から金を得ることはシャーロ王国としては願ったり叶《かな》ったりであり、おかげでフィーナは王城から褒賞《ほうしょう》を受けることになった。金はないので、王が持っているなんだかよくわからない短剣《たんけん》を仕方なくもらっただけだったが。

レオナールはそれを見て「どうでもいいな」と言っていたが、フィーナは「レーグラッド男爵領で数代先には宝物になるんじゃないですか？」と気が遠くなる話をして笑っていた。

王城に行くついでにハルミット公爵邸《てい》にも寄った。不安に思っていたものの、フィーナのことを彼らは非常によく、それこそ本当の息子《むすこ》であるレオナールよりも快く受け入れてくれた。挙句に「むしろレオナールがレーグラッド男爵領にいて、フィーナ嬢《じょう》はこちらに来てくれないだろうか？」と言われる始末だ。

「フィーナ嬢が気に入られて何よりだが、ううん……」

と、帰りに馬車の中で、レオナールは苦々し気な表情だ。

「本当に、みなさま良い方々で安心しました。わたしのような田舎者の行き遅《おく》れがご挨拶をして、どう思われるのかと心配でしたが……」

そう言ってから、フィーナは「うふふ」と笑った。

「なんだ」

「レオナール様も、そのぅ……」

「ああ……あなたはご自分のことしか考えていなかったのかもしれないが、要するに、実はわたしもそれなりに行き遅れというかなんというか……」

そう。レオナールの年齢《ねんれい》も二十七歳で、貴族令息としては少しばかり年が上だ。勿論、何歳であろうと結婚《けっこん》は認められるが、爵位持ちとなれば跡継《あとつ》ぎのことも考えて「いくらなんでもそろそろ」と言われてもおかしくない年齢だったと、フィーナもようやく気付いたのだ。おかげで、レオナールの両親に逆に「ありがとう」と言われるほどだった。

「今のこの国では、財政難が原因で残っている三十代の貴族令息は多々あれど、正直、爵位に就《つ》いていて残っている者はそう多くないからな……」

「残っていただいていて、ありがとうございます……？」

といくらか間抜《まぬ》けなことをフィーナが言えば、レオナールは少し意地の悪い笑みを浮《う》かべる。

「なんにせよ、これで婚礼《こんれい》をあげれば、あなたも公爵夫人だな」

「うう……レーグラッド男爵領にいても、その名はまだ少し荷が重すぎます」

「公爵夫人の名には、そんなに意味はない。わたしの妻だ、というだけのことだ」

あっさりとレオナールが言えば、フィーナは、

「それはそれで、えっと、ちょっと照れ臭《くさ》いですね」

と、はにかむように微笑んだ。

「あっという間の三ヶ月だったな」

ついに、立て直しの期間が終わって、三人は一時的にレーグラッド男爵領から去ることになった。馬車を待たせ、挨拶をするレオナール。使用人たちは彼らを見送るために邸宅《ていたく》から出て外に並んでいる。

「はい。ありがとうございました」

「いや、こちらも非常に……そうだな。楽しかった」

レオナールが笑うと、フィーナも「わたしも楽しかったです」と笑い返す。

「王城に挨拶に行ったら、また戻って来る」

その後、二週間ほど休みをもらって、それから次の立て直し先に行くことになるだろうとは聞いていたので、フィーナは「はい」と頷《うなず》く。

「その頃には、あなたが書いたものは諸侯《しょこう》たちの手に届くだろうし、ヴィクトルとマーロにはそろそろ独り立ちをしてもらえると思うしな。それから、計画書も数か月分は用意したし……」

「レオナール様、それは、もう何度もお伺《うかが》いしましたし、お戻りになったらゆっくりなさるんでしょう？　大丈夫《だいじょうぶ》ですよ」

「うん」

レオナールは名残惜《なごりお》しそうにフィーナを見て、それからゆっくりと彼女の体を抱《だ》きしめた。使用人たちは声を出しそうになったがみな必死の思いで堪《こら》える。

「レオナール様」

フィーナは笑って、ぽんぽん、とレオナールの背を叩《たた》いた。どうやら、いざ心が通じ合ったと思えば、フィーナの方が主導権を握《にぎ》っているようだ。

「……うん。では、戻ったら婚礼の話も進めよう」

「はい！　ヴィクトル様、マーロ様も、お元気で」

「え〜っと」

ヴィクトルの視線が泳ぐ。フィーナは「あ」と少しいたずらっ子のような表情を見せた。

「ヴィクトル様は、またいらっしゃるんです？」

「そのう、よければ、ですけど。二週間、レオナール様と一緒《いっしょ》にご厄介《やっかい》になっちゃ駄目《だめ》ですかね……？」

「どういうことだ？」

レオナールが怪訝《けげん》そうな顔でヴィクトルに問いかけた。ちらりとフィーナがローラを見るとローラは恥《は》ずかしそうな表情を見せている。

も」

「レオナール様はヴィクトル様から色々伺ってくださいね？　ええ、いいですよ。是非《ぜひ》と

「ありがとうございます」

それからマーロはフィーナと握手《あくしゅ》を交《か》わし「結婚式に呼ばれるのを楽しみにしております」と笑う。勿論《もちろん》、フィーナは「はい」と元気に返事をした。

三人が馬車に乗って「出てくれ」と声をかけると、使用人たちは口々に「いってらっしゃいませ」「ありがとうございました」と声をあげる。小窓から軽く手をあげて、レオナールたちはレーグラッド男爵《だんしゃく》邸から去っていく。馬車が小さくなるまで見送ってから、フィーナはパンッと手を叩いた。

「さて！　ではでは、レオナール様がお戻りになるまでに、我々はやるべきことをしていましょう！」

フィーナがそう言うと、みな「はい！」と答えた。特にやるべきことはないが、ひとまず返事はよろしい。

「わたしも今日はヘンリーに色々教えなくっちゃ」

ヘンリーは見送りに出られないことを申し訳ないとレオナールに言っており、アデレードもそれに倣《なら》って離《はな》れで別れを告げた。とはいえ、どうせ戻って来るのだし、大した話ではない。カークは頷いてそれへ答える。

「ようやくヘンリー様も少しずつ歩けるようになりましたね」

「ええ。次にレオナール様がお戻りになるまでに、もうちょっと歩けるようになりたいって言ってるし、お勉強も少しずつ出来るようになってきたし、こっちもやることはたくさんあるわ」

　ローラがフィーナに駆《か》け寄って「ありがとうございます」と言う。

「ねぇ、ローラ、何がどうしてそういうことになったのか、後で聞きたいんだけど、駄目かしら？」

「そのう、まだそんなに、ええっと……」

「ええ～？　レオナール様はヴィクトル様にお話を聞くだろうから、わたしはちゃんとローラから話を聞かなくちゃ不公平じゃない？」

　まあ、そのうちにね、とフィーナは楽しそうだ。すると、ララミーがフィーナに尋《たず》ねる。

「お嬢様《じょうさま》、レオナール様のお部屋は次にお戻《もど》りの時はどうします？」

「あ～、そうね。わたしの部屋の二つ隣《となり》が空いているわね？」

「わかりました。そちらをレオナール様のお部屋にいたしますね！」

「それから、ヴィクトル様の部屋は、次は広い客室にしてあげて」

「わかりました」

「それからねぇ～……」

と、あれこれ言いながら邸宅に戻っていくフィーナ。その様子は三ヶ月前の彼女よりもずっと余裕《よゆう》があった。ひとまず行き遅れは回避《かいひ》出来て、今日からはレオナールが戻って来るのがいつなのかと待つことになる。

（以前は、立て直し公が来るのを今か今かと待っていたけれど）

次は、自分の婚約者《こんやく》を待つのだ。そう思えば、フィーナは「うーん！」と幸せな唸《うな》り声をあげた。

「お嬢様、どうなさいました？」

「早くレオナール様が帰ってこないかなぁって……」

そう言ってフィーナが笑えば、使用人たちは「気が早いですよ」と笑う。

今日も、レーグラッド男爵邸は平和で、まだまだ立て直しは続くがみな笑顔《えがお》だった。

あとがき

こんにちは。または、初めまして。今泉香耶《いまいずみかや》と申します。

この度《たび》は、拙作《せっさく》をお手にとっていただき、誠《まこと》にありがとうございます。この作品はWEBで掲載《けいさい》している作品の書籍化《しょせき》となります。書籍化にあたり、加筆修正をさせていただきました。明るく頑張《がんば》り屋なフィーナと、彼女を見守る、仕事が出来る男レオナールの恋愛《れんあい》。また、その二人を囲む人々とのやりとりを、お楽しみいただければ幸いです。

イラストは宛《あたか》様にお願いいたしました。明るく伸《の》びやか、かつ優美なフィーナや、顔が最高に良い（顔が良い）（二回言った）かつ優《やさ》しい眼差《まなざ》しのレオナールなど、素晴《すば》らしいイラストをありがとうございます。

また、最後になりますが、担当者様、編集部の皆様《みなさま》、デザイナー様、校正様、印刷所の皆様。他《ほか》、この本に携《たずさ》わってくださったすべての皆様に、心から御礼《おんれい》を申し上げます。そして、お手にとっていただいた皆様にも、心より感謝を申し上げます。

また、どこかでお会い出来ますことを願っております。

今泉香耶

BEANS BUNKO

「行き遅れ令嬢が領地経営に奔走していたら立て直し公に愛されました」の感想をお寄せください。
おたよりのあて先
〒102-8177　東京都千代田区富士見2-13-3
株式会社KADOKAWA　角川ビーンズ文庫編集部気付
「今泉香耶」先生・「宛」先生
また、編集部へのご意見ご希望は、同じ住所で「ビーンズ文庫編集部」
までお寄せください。

行《い》き遅《おく》れ令嬢《れいじよう》が領地経営《りようちけいえい》に奔走《ほんそう》していたら 立《た》て直《なお》し公《こう》に愛《あい》されました

今泉《いまいずみ》香耶《かや》

角川ビーンズ文庫　23846

令和5年10月1日　初版発行

発行者———山下直久
発　行———株式会社KADOKAWA
〒102-8177　東京都千代田区富士見2-13-3
電話 0570-002-301（ナビダイヤル）
印刷所———株式会社暁印刷
製本所———本間製本株式会社
装幀者———micro fish

●お問い合わせ
https://www.kadokawa.co.jp/（「お問い合わせ」へお進みください）
※内容によっては、お答えできない場合があります。
※サポートは日本国内のみとさせていただきます。
※Japanese text only

ISBN978-4-04-114190-8 C0193 定価はカバーに表示してあります。

◇◇◇